DOMATA DAL COWBOY

ASTE DI SCAPOLI - 1

VANESSA VALE

Vale, Vanessa
Titolo originale: Strong and Steady

Cover design: Bridger Media
Cover graphic: Deposit Photos: Wander Aguiar Photography

ISCRIVITI ALLA NEWSLETTER

Unisciti alla mailing list per essere informato per primo su nuove uscite, libri gratuiti, premi speciali e altri omaggi dell'autore.

www.romanzogratis.com

1

KELSEY

«PENSI CHE SIA GROSSO *OVUNQUE*?»

«Scommetto che è grosso quanto il suo conto in banca. Dio, riesci ad immaginarti di farti una cavalcata su un cazzo ricco? Scommetto che gli piace farlo un po' violento. Già, tradirei con lui.»

Tenni la porta dell'asilo aperta per Tanner così che potesse tornare di corsa fuori in cortile. Si era sporcato tutte le mani di fango e l'avevo portato a lavarsele. Mentre lui correva allo scivolo, io origliai la conversazione delle due mamme.

«Mmm, non mi dispiacerebbe farmi premere contro un muro da lui. Troverò un modo per farlo succedere.»

Era il momento dell'uscita pomeridiana e quelle

donne erano arrivate con un paio di minuti di anticipo. Erano sedute assieme su una delle panchine all'interno dell'area giochi recintata. Per quanto avessero abbassato le voci poiché l'argomento non era adatto a dei bimbi piccoli, io non potei non recepire le loro parole. O in quale direzione stessero guardando. O chi stessero fissando.

Un uomo. Un cowboy grosso e sexy nel parcheggio.

Chiuse la portiera di un vecchio pickup—che decisamente nascondeva le dimensioni del suo conto in banca —si mise lo Stetson in testa e si diresse verso il recinto basso a lunghi passi. Non potei non notare il gioco di muscoli al di sotto dei suoi jeans consunti o come le maniche della sua camicia bianca fossero arrotolate a mettere in mostra degli avambracci muscolosi. Si chinò e poggiò le mani sulla ringhiera superiore, sorridendo mentre guardava i bambini.

Whoa. Quel sorriso era letale. Per le mie mutandine.

Non l'avevo mai visto prima, ma non significava nulla. Lavoravo all'asilo solamente da qualche mese e, dal momento che era estate, i bambini venivano in giorni diversi a seconda delle vacanze programmate dalle loro famiglie.

Claire, una bimba di cinque anni con i capelli biondi raccolti in una singola treccia lungo la schiena, corse verso di lui sollevando le braccia.

Suo padre la lanciò senza sforzo per aria e le diede un bacio rumoroso sulla guancia. Lei ridacchiò per poi dimenarsi nella sua presa per scendere. Lui la rimise in piedi sulle sue scarpine da ginnastica e lei corse verso le altalene, non ancora pronta ad andarsene perché aveva appena imparato a spingersi con le gambe da sola.

Le mie ovaie esplosero al solo guardarli. Non c'era nulla di più dolce—e stranamente eccitante—del vedere un uomo così bravo con il proprio figlio. Non ero solo io a pensarla così dal momento che le due donne si stavano facendo aria con le mani mentre continuavano a fissarlo.

Quelle donne? Loro avevano già dei figli. Degli uomini tutti loro. Potevano fantasticare sul signor Cowboy Sexy quanto volevano perché sarebbero tornate a casa a farsela con i loro mariti.

Io? Niente marito. Niente fidanzato. L'unico con cui me la facevo io era il mio vibratore.

Mi accigliai, i pensieri sul cowboy sexy annientati dall'amarezza che mi provocò il pensare al mio ex. Quello stronzo era stato un astuto traditore. Certo, io mi ero infilata in quel casino da sola essendo stata troppo ingenua e troppo libertina coi miei sentimenti, ma anche Tom mi aveva mentito spudoratamente dicendomi di essere single. Solo quando avevo caricato la macchina per seguirlo avevo scoperto che non lo era affatto. Una moglie e due figli non rendevano un uomo single, quello era certo, cazzo. Abbandonare la mia vita nel Colorado era stato proprio stupido e adesso ero bloccata lì.

Ovviamente, non era *tutta* colpa di Tom. Dopo aver scoperto della sua famiglia segreta, mi ero scelta una pessima coinquilina da internet che aveva deciso di rubare tutto ciò che possedevo a parte i miei abiti... oltre

ai soldi del mio affitto per poi piantarmi in asso. Lascian-
domi senza un soldo e senza un tetto. *Ecco* come ero finita
bloccata nel Montana.

Non mi sarei dovuta fidare di Tom. Non mi sarei
dovuta fidare di Laila, la cleptomane. Pensavo di aver
imparato da mia madre e dal modo in cui si era legata ad
un uomo dopo l'altro, finendo sempre per farsi scaricare
una volta che si stufavano di lei. Dal momento che mi
contattava solo dopo ogni rottura, immaginai che fosse
ancora a Phoenix col tipo numero sette. O era l'otto? Non
ci si poteva fidare degli uomini. Eppure, io l'avevo fatto.
Solo una volta.

Sospirai, incolpando più di tutti me stessa per il fatto
che assomigliassi a mia mamma più di quanto pensassi.

Le donne ridacchiarono, cosa che mi distolse dai miei
pensieri. Per quanto il Montana non fosse rinomato per
essere un paese elegante, indossavano jeans alla moda,
magliette carine e sandali con la zeppa. Avevano i capelli
ben acconciati e un trucco leggero, ma efficace. Se il
cowboy sexy avesse avuto intenzione di provarci con una
donna al parco giochi dell'asilo, l'avrebbe fatto con una di
loro. Decisamente non con me, con i miei vecchi jeans e
le scarpe da ginnastica. La mia maglietta era sporca di
vernice blu davanti e avevo i capelli raccolti in una
semplice coda di cavallo, sebbene la brezza leggera me ne
avesse tirati via alcune ciocche ribelli.

Non avevo idea del perché stessi anche solo
pensando che quel tipo avrebbe scelto una di noi. Senza
dubbio era sposato. *Ovviamente* era sposato, special-

mente dal momento che una delle donne aveva detto che si sarebbe trattato di tradimento. Sua moglie probabilmente aveva i capelli biondi come quelli della loro bambina e sapeva benissimo quanto fosse grosso lui. *Ovunque.*

«Mamma, Claire mi ha tirato i capelli.» Quella vocina indispettita proveniva da Tamara, che si stava lamentando con una delle mamme. Aveva appena compiuto quattro anni ed era adorabilissima, ma sarebbe stata sicuramente impegnativa una volta cresciuta un po' di più.

La madre di Tamara, che aveva gli stessi capelli scuri, ma senza i codini, sollevò la testa e controllò il parco giochi. Lo feci anch'io. Claire era ancora sull'altalena, a ridere di qualcosa che le stava dicendo Tanner seduto sull'altalena accanto.

La donna si alzò, prese Tamara per mano e venne da me. «Deve punire Claire. È cattiva.»

Io inarcai un sopracciglio, ma non dissi nulla, mi limitai ad accucciarmi di fronte a Tamara. Con gli uomini non ci sapevo fare, ma coi bambini? Eccome. Rivolgendole un piccolo sorriso, dissi, «Tirare i capelli, eh?»

Lei annuì, i codini che ondeggiavano. «Fa male.»

«Non ti ho vista affatto vicino a Claire nel parco giochi.»

«È stata lei,» protestò subito Tamara, sporgendo il labbro inferiore.

Io piegai la testa di lato. «Non sto dicendo che non l'abbia fatto, ma quando è successo, tesoro?»

Tamara sollevò lo sguardo su sua madre.

«Ha importanza?» mi chiese la donna. «Io credo a mia figlia. Lei cosa ha intenzione di fare al riguardo?»

«Sto facendo qualcosa al riguardo adesso,» risposi io, sollevando il mento così da poter incrociare lo sguardo della mamma. «Noi qui discutiamo dei nostri problemi. Quand'è che Claire ti ha tirato i capelli?» Il mio sguardo tornò su Tamara.

Lei si morse un labbro e mi lanciò un'occhiata per poi distogliere lo sguardo. «Ieri quando ci stavamo togliendo le giacche.»

Nonostante fosse estate, ogni tanto la mattina faceva fresco. Come il giorno prima, quando avevo dovuto indossare una felpa fino a dopo pranzo.

«Hai detto a qualcuno cos'era successo in quel momento?» le chiesi.

Tamara scosse la testa.

«Non esistono dei termini di prescrizione per un pessimo comportamento,» disse la mamma di Tamara. Non potei non notare il modo in cui batté il piede a terra dal momento che mi trovavo accucciata giù.

Io la ignorai e mi concentrai su Tamara. Era palese da chi avesse preso il suo pessimo comportamento, per cui dovevo essere io a dare il buon esempio. «Cos'è successo esattamente?»

Lei si portò un dito al collo mentre parlava. «Mi stavo togliendo la giacca e mi si sono impigliati i capelli nella zip. Claire mi ha aiutata, ma si sono tirati.»

Io mi alzai e diedi una pacca sulla testa a Tamara. «Sembra che tu abbia bisogno di dire alla tua giacca di smetterla di essere così cattiva. Spero tu abbia ringraziato Claire per averti aiutata.»

Tamara guardò a terra, poi rivolse un'occhiata furtiva a sua madre. «No.»

Io non dissi nulla, mi limitai a concedere a Tamara un istante per capire cosa avesse bisogno di fare. «Grazie, Claire!» esclamò rivolta all'altro lato del parco giochi, poi strattonò la mano della madre. «Sono pronta ad andare, ora.»

Ovvio che lo era dal momento che non aveva ottenuto l'attenzione da parte di sua madre che aveva sperato.

La mamma mi scrutò dalla testa ai piedi come se fosse stata confusa dal modo in cui avevo ribaltato la situazione facendo passare per cattiva una zip. Senza aggiungere altro, le due attraversarono il parco giochi fino al cancelletto laterale che conduceva al parcheggio.

Io sospirai, guardandole allontanarsi, chiedendomi come facesse quella donna a camminare con quei tacchi alti. Io non sarei mai stata così femminile.

«Grazie.»

La voce proveniva da dietro di me ed io mi voltai di scatto finendo praticamente addosso al signor Cowboy Sexy. Mi portai una mano al petto. «Cavoletti di Bruxelles, mi hai spaventata.»

«Tranquilla.» Mi prese per un gomito come a stabilizzarmi.

All'improvviso, cominciò a fare *molto* caldo e non per via del sole pomeridiano. Il mio cuore perse un battito quando sollevai lo sguardo, sempre più su, sul padre di

Claire. Non mi ero minimamente accorta che avesse abbandonato il suo posto accanto al recinto. Doveva essere entrato mentre io mi ero messa a parare con Tamara e sua mamma, perché aveva in mano il piccolo zainetto rosa di Claire.

Così da vicino, non potei non notare il fatto che avesse gli occhi chiari nonostante i suoi capelli fossero scuri. Quel contrasto era incredibile. Così come la sua mascella squadrata con un accenno di barba, come se non se la fosse fatta da qualche giorno. Mi stava fissando dall'alto, il suo sguardo che mi scorreva in viso, sul mio corpo, per poi tornare sulle mie... labbra?

«Cavoletti di Bruxelles?» mi chiese, incurvando un angolo della bocca verso l'alto.

Io mi accigliai, guardando la sua mano. Lui la ritrasse subito.

«Un requisito del mio lavoro,» risposi. «Bisogna filtrare le parolacce con la c.»

Lui mi stava guardando. Mi stava perfino studiando, i suoi occhi che si spostavano tra i miei per poi abbassarsi sulla mia bocca e tornare su. «Ho origliato la tua chiacchieratina con Tamara. È proprio come sua mamma e sta cominciando a rigirare le cose a suo favore. Conosco Delilah da quando eravamo bambini e non è cambiata affatto.»

Anch'io avevo una mamma a cui piaceva rigirare le cose, ma non avevo intenzione di dirglielo. Non riuscivo a sopportare il suo scrutinio e spostai lo sguardo sui bottoni della sua camicia. Mi sentii arrossire. Maledetta pelle chiara.

«Be', sì.» Parlare male di una bambina di quattro anni —o di sua madre—non era una bella idea.

Non potevo perdere il mio lavoro.

Quando non dissi altro, lui aggiunse, «È incredibile come una tipa così piccola possa essere tanto brava a farlo.»

Non si sbagliava. Ero grata del fatto di insegnare a dei bambini dell'asilo e non a degli adolescenti, perché Tamara avrebbe dato del bel filo da torcere nel giro di dieci anni, ne ero certa.

Non dissi nulla, mi limitai a guardare i bambini che non erano ancora stati recuperati dai genitori. L'altra insegnante dell'asilo, Sarah Jane, si trovava dall'altro lato del parco giochi a tenerli d'occhio, parlando con Tanner e sollevando e abbassando le braccia, probabilmente spiegandogli come spingersi con le gambe come Claire.

«Sto evitando Delilah da anni. Apprezzo il fatto che tu abbia difeso Claire.»

Io a quel punto sollevai lo sguardo su di lui. I suoi occhi mi scorsero nuovamente in viso.

«Claire è una brava bambina,» gli dissi.

«E tu?» mi chiese lui. O quello fu ciò che pensai che mi avesse chiesto.

Mi accigliai, portandomi una mano alla fronte per ripararmi gli occhi dal sole mentre sollevavo lo sguardo su di lui. L'avevo sentito bene? «Chiedo scusa?»

Lui mi afferrò per le spalle e mi fece voltare così che il

sole non mi accecasse. Poi si schiarì la gola e lasciò cadere le mani. «Non ti ho mai vista qui prima d'ora. Sei nuova?» La sua voce era profonda e roca.

Quando io trassi un respiro profondo per rispondere, colsi il suo odore. Pino, bosco e un forte odore di maschio.

«Sì. Sono in città da circa due mesi.»

Lui mi offrì un cenno del capo distratto. «Mi sarei ricordato di te. Dio, quei capelli.»

Mi portai una mano alla testa. Arrossii. Avevo dei riccioli rossi selvaggi raccolti con un elastico sulla nuca. Nulla li domava a prescindere da quanto ci provassi. Dal momento che avevo solamente gli asciugatori automatici per le mani nei bagni delle donne al centro sociale per asciugarmeli, erano peggio che mai.

Lui allungò una mano, mi strattonò una ciocca che si era liberata e la fissò come se ne fosse stato ipnotizzato. Ero stata presa in giro per i miei capelli rossi, crescendo, e non ero sicura se lui stesse facendo lo stesso o se ne fosse compiaciuto.

«Sono rossi,» dissi.

Lui sogghignò, incrociando il mio sguardo. «Lo sono eccome, cazzo.»

Sono rossi? Sul serio? Era quello che mi era uscito di bocca? Distolsi lo sguardo, sentendomi una vera idiota.

Lui lasciò cadere la mano e se la infilò nella tasca frontale dei jeans.

«Da dove vieni?»

«Dal Colorado, ma mi sono trasferita a Bend per questo lavoro.»

Non avevo intenzione di fornire altri dettagli. Non doveva sapere di Tom o della pessima coinquilina cleptomane né il fatto che fossi al verde. E praticamente una senzatetto.

«Io mi chiamo Sawyer Manning.»

Mi porse la mano. Io la fissai per un istante, poi gliela strinsi. La scintilla che provai mi fece voltare di scatto la testa per guardarlo negli occhi. La sua presa fu calda e salda e riuscii a sentire i suoi calli contro il mio palmo. Non avevo idea di cosa facesse per guadagnarsi tutti i soldi cui aveva accennato Delilah, ma non se ne stava seduto dietro una scrivania.

«Kelsey.»

«Non ti ha mai detto nessuno che sei bellissima?»

La sua voce era soffice e mi ci volle un istante per assimilare quelle parole.

Stava... stava flirtando con me?

«Non ti ha mai detto nessuno che sei troppo diretto?»

Strattonai la mano, cercando di ritrarla dalla sua stretta, ma lui non mi lasciò andare. Sogghignò.

«Um, io--»

Arrivò la mamma di Tanner e mi rivolse un cenno di saluto con la mano mentre il bambino correva verso di lei al cancello. Io strattonai di nuovo e lui mi lasciò andare. Risposi salutando entrambi prima che se andassero, ma i miei pensieri erano fissi sull'uomo molto grosso e molto sexy al mio fianco.

«Dal momento che sei nuova, perché non lasci che ti faccia fare un giro per la città,» mi disse.

Io sbattei le palpebre nella sua direzione per poi riprendermi dalla mia trance dovuta a quel figo. Solo perché era bello come un cowboy da calendario non significava che non fosse uno stronzo. Ero già rimasta scottata in passato. Non avrei permesso che succedesse ancora. Bend era piccola. *Molto* piccola. Se conosceva la mamma di Tamara da quando erano stati bambini, significava che era di quelle parti. Che conosceva tutti. Non avevo intenzione di diventare *l'altra donna*. Forse a mia madre non importava dello stato civile di un uomo prima di mettersi con lui, ma a me sì.

E poi, se avessi perso il mio lavoro all'asilo, non avevo idea di cosa avrei fatto. Dormivo nella stanza sul retro dell'edificio. Una sistemazione a breve termine. La proprietaria dell'asilo, Irene, si era offerta di farmi stare a casa sua quando aveva scoperto la mia situazione, ma dopo una notte con tre bambini delle elementari—uno dei quali mi aveva messo del burro d'arachidi sul naso mentre dormivo—più due cani e un pappagallino cieco, avevo chiesto di poter usare la brandina fino a quando non avessi avuto i soldi necessari per versare la caparra per un appartamento. Lei avrebbe voluto fare di più per me, ma io non avevo intenzione di darle fastidio né di sentirmi in debito. Non avevo soldi, ma avevo un po' di orgoglio. Visto come stavo risparmiando, speravo di riuscire a trovarmi un appartamento nel giro di poche altre settimane.

Ero stata stupida in passato e quella era stata colpa mia. Però ora basta. Mi allontanai da Sawyer Manning e scossi la testa. Non avevo fatto nulla di sbagliato. Questa volta tenevo gli occhi aperti. Era *lui* lo stronzo. Dio, era un tale donnaiolo! Provarci con delle donne al parco giochi mentre sua figlia se ne stava sull'altalena? Non riuscivo a decidere se Tom fosse stato peggio a tenere nascosta la sua famiglia e ad illudermi o se lo fosse quel tipo, che mi chiedeva palesemente di uscire con lui mentre io sapevo benissimo che aveva una figlia. Una moglie. Se non altro lui non era un bugiardo. Ma in ogni caso...

Potevo solamente immaginare cosa pensasse di me. Che fossi una zoccola? Peggio, una rovina famiglie? Si era fatto tutte le donne della città che lo conoscevano?

Incrociando le braccia al petto, sollevai il mento. Incrociai il suo sguardo. «No.»

«No?» mi chiese lui, inarcando le sopracciglia e facendole svanire sotto il cappello, apparentemente scioccato dalla mia risposta. «Ne sei sicura? Perché io qui ci sono cresciuto e conosco tutti i posti segreti.»

Se non fosse stato sposato, mi sarebbe piaciuto molto farmi mostrare da lui tutti i *posti segreti*. Del mio corpo. Ma dal momento che lo era, le sue parole non fecero che irritarmi ulteriormente.

«Ho detto di no,» risposi, poi mi guardai attorno per assicurarmi che non ci fossero bambini nei paraggi. «Se devo essere più chiara, che ne dici di questo? Per. Nessun. Cavoletto. Di. Bruxelles.»

Dandogli le spalle, attirai l'attenzione di Sarah Jane e

le feci cenno che era arrivato il momento che me ne andassi per quel giorno. Dal momento che dormivo nella stanza sul retro dell'asilo la notte, aprivo io la mattina ed era qualcun altro a chiudere. Lei annuì e mi rivolse un piccolo cenno di saluto con la mano ed io corsi dentro.

Ero talmente agitata che tremavo. Tom mi aveva tirato un brutto scherzo, ma quel tipo? Dio, che coraggio. Aveva un gran cazzo nei pantaloni, ma anche delle belle palle. Davvero grosse.

Come facevo a continuare ad attirare solo stronzi? Che cazzo avevo che non andava? Aprii una delle credenze in alto nel retro, quella che i bambini non riuscivano a raggiungere e ne tirai fuori la mia borsa.

Una mano mi si posò sulla spalla ed io strillai.

«Senti, mi dispiace se--»

Elaborai quella voce, le parole, nello stesso istante in cui mi limitai a reagire. Forse fu colpa di tutto ciò che stavo passando, forse Sawyer Manning aveva scatenato tutto lo schifo che avevo represso e che era successo per via di Tom. Le conseguenze che stavo ancora vivendo in quel momento.

O forse era solamente uno stronzo.

Mi voltai di scatto e gli tirai una ginocchiata nelle palle. Lui si piegò in due, cadde in ginocchio e si lasciò cadere su un fianco rannicchiandosi in posizione fetale sulla moquette. Si portò le mani all'inguine.

«Oh merda,» sussurrai io mentre lui gemeva a terra. Lanciai un'occhiata alla porta, sperando che Sarah Jane non entrasse portando nessuno degli altri bambini, né che arrivasse Claire a cercare suo padre.

Stavo ansimando, l'adrenalina in circolo. Lo fissai, notando il modo in cui fosse sbiancato e come stesse rantolando. Non era stata mia intenzione tirare una ginocchiata nelle palle ad un cliente dell'asilo. Avevo semplicemente agito senza riflettere. Per la rabbia.

Le cose si erano messe male. Molto male, nonostante lui se lo fosse meritato.

Era *quello* che avevo voluto fare al mio ex. Colpirlo nel punto giusto, ma non ne avevo mai avuto l'occasione.

«Ne ho avuto abbastanza di uomini come te,» dissi, posandomi le mani sui fianchi. Stava chiaramente soffrendo. Gli stava bene. «Prova a flirtare con qualcun altro.»

Afferrando la mia borsa e le mie chiavi, uscii di corsa dalla porta d'ingresso. Avevo dato una bella lezione a Sawyer Manning, ma ne avevo imparata una anche io? Con le cattive, tipo perdendo il mio lavoro e il luogo in cui dormivo la notte?

2

SAWYER

«UN'ASTA DI SCAPOLI? Mi prendi per il culo,» disse Huck, passandosi una mano sulla nuca e fissandomi ad occhi sgranati per poi lasciarsi cadere sullo sgabello al bancone.

«Occhio al linguaggio,» lo rimproverò Alice. Aveva smesso di tagliare le carote per lo stufato per cena e gli rivolse la sua solita occhiataccia. Nonostante fossimo uomini adulti e vaccinati, ciò non le impediva di ricordare a tutti e tre le buone maniere.

Mio fratello si limitò a risponderle con un sorriso, anche se un po' imbarazzato. Era l'espressione che l'aveva tirato fuori dai guai crescendo e che riusciva ancora a far togliere le mutandine alle donne. Dal momento che era lui il capo della polizia, ora, aveva smesso di fare disastri, ma non di ammaliare le signore. «D'accordo. *Mi prendi in giro*,» disse.

La nostra governante incurvò un angolo della bocca verso l'alto mentre spostava lo sguardo da Huck a Thatcher e a me. I tre fratelli Manning. Fratelli *scapoli*, con suo disappunto. Ci trovavamo in cucina con Alice mentre lei preparava la cena. Io ero sul divano nel salotto—l'open-space che era in parte soggiorno, sala da pranzo e collegato alla cucina—con un sacchetto di piselli surgelati sull'inguine.

Non appena eravamo tornati al ranch, avevo tolto a Claire le cinture del suo seggiolino e lei era corsa verso le stalle dove Roy le aveva promesso di farle cavalcare un pony. Dopo che l'avevo vista incontrare il vecchio assistente, ero entrato in casa puntando dritto verso il freezer. Quando mi ero lasciato cadere sul divano mettendomi il pacco sul... pacco, Alice aveva inarcato un sopracciglio, ma non aveva detto una sola parola.

I miei fastidiosi fratelli invece sì ed io avevo dovuto raccontare loro tutto per filo e per segno. O per colpo e per ginocchiata. Cazzo.

Inizialmente avevano pensato che stessi scherzando, ma i piselli sul mio inguine sopra i jeans li avevano fatti ricredere. Avevano perfino fatto una smorfia e si erano portati d'istinto le mani ai loro gioielli di famiglia in segno di protezione maschile. Dopo un po' di tempo ed essendomi ripreso un po', io dovetti ridere perché una donna mi aveva messo al tappeto come Redwood, cazzo. Non molti riuscivano a cogliermi di sorpresa, ma Kelsey di sicuro l'aveva fatto.

Sapevo che cosa aspettarmi la prossima volta. Ci *sarebbe* stata una prossima volta. Nessuna donna mi aveva intrigato come aveva fatto lei da... mai, il che significava che avevo perso la testa. Era esuberante, scontrosa e ce l'aveva con me.

Me n'ero rimasto sdraiato sul pavimento dell'asilo per qualche minuto dopo che lei era uscita di corsa. In parte perché non ero stato in grado di muovermi e in parte perché aveva distrutto il mio orgoglio. Avevo pensato alla nostra breve conversazione sin da allora cercando di capire cosa avessi detto o fatto che l'avesse infastidita a tal punto.

Io non facevo del male alle donne. Non le prendevo in giro. Non le illudevo. Ero il fratello Manning *bravo*. Di sicuro non avevo fatto nulla a Kelsey, eppure lei sembrava avere il grilletto sensibile, cazzo, e a quanto pare glielo avevo fatto premere. Pensavo di essermi comportato da gentiluomo nei pochi minuti in cui avevamo parlato.

Mi ero offerto di farle vedere la città, non il mio cazzo.

«Non sto scherzando,» ripeté Alice. «Un'asta di scapoli venerdì sera e ne fate parte tutti e tre.»

Thatcher mi lanciò un'occhiata, ma non sembrava troppo turbato all'idea. Era venuto dalle stalle e aveva dei jeans tenuti su da una cintura con la fibbia da campione della categoria junior di steer roping e una maglietta a maniche corte, che era impolverata quanto i suoi robusti stivali da lavoro. Aveva un segno nei capelli rossi per via del suo Stetson, che era appeso ad un gancio vicino alla porta sul retro accanto al mio. Lavorava come barista allo Sperone Fortunato in città, ma quello lo faceva di notte. Di giorno, praticamente gestiva il ranch.

Huck mi rivolse un'occhiata cupa, come se fosse stato diretto alla gogna venerdì invece che ad un evento di beneficienza. Si mosse a disagio, sistemandosi la cintura carica della radio, delle manette, della fondina e della pistola. Entrambi eravamo capisquadra. Lui era a capo della polizia del Bend. Io dei vigili del fuoco. Io avevo avuto la giornata libera, per cui mi ero offerto di andare a prendere Claire così che Alice non fosse dovuta tornare in città.

Mi spostai i piselli ghiacciati sull'inguine, ricordandomi dove mi avesse portato la gentilezza.

«Lo ammetto,» disse lei con una piccola scrollata di spalle, «mi divertirò non poco a vedere voi tre che vi agitate sul palco.»

«A nostre spese,» commentai io, sistemandomi il cuscino dietro la testa.

Lei mi puntò addosso quegli occhi grigi. «È una donna a pagare il conto. Voi non avete spese.» Incurvò un angolo della bocca, come se stesse facendo l'insolente di proposito. Come se lei fosse *mai* stata insolente.

«È per una buona causa,» aggiunse, ricordandomi che non potevamo lamentarci. Ciò, però, non fermò Huck.

«Sì, ma qui? Il Bend è così piccolo, chi farà offerte?» chiese.

Io e Huck eravamo funzionari statali. Eravamo abituati ad aiutare la comunità. Diamine, mettevamo in gioco la nostra vita ogni volta che eravamo di turno. Ma quella era decisamente un'altra storia.

Thatcher fece il giro dell'isola della cucina e rubò un pezzetto di carota dal tagliere infilandoselo in bocca. Alice gli schiaffeggiò la mano, ma gli rivolse un'occhiata indulgente. «Se devo essere costretto a uscire con la miglior offerente, non voglio che sia la signorina Turn-buckle della biblioteca,» avvertì. «Voglio passare *saggia-mente* il mio tempo.»

Avevo la sensazione che *saggiamente* volesse dire a letto con la testa tra le gambe di una donna mentre lei urlava il suo nome, ma non avevo intenzione di dirlo. Non davanti ad Alice.

A me sarebbe piaciuto passare *saggiamente* il mio tempo con la bellissima rossa che mi aveva messo al tappeto. Ero cotto a puntino.

Per. Nessun. Cavoletto. Di. Bruxelles, aveva detto.

Con quelle parole, mi aveva reso piuttosto chiaro che non volesse avere nulla a che fare con me, diamine. L'avevo guardata entrare ed ero rimasto nel parco giochi, sconvolto. Non è che le avessi chiesto di saltarmi nel letto. Non le avevo detto cosa stessi pensando, come volessi piegarla a novanta sul bordo del mio letto e scoparmela con forza, scoprire se a una brava ragazza come lei piacesse farsi sculacciare. O che aspetto avrebbero avuto le sue labbra piene avvolte attorno al mio cazzo. Qualunque di quelle cose si sarebbe meritata una ginocchiata nelle palle.

Però io non avevo detto nulla di tutto quello e lei mi aveva praticamente fatto esplodere un testicolo. Qualunque uomo sano di mente avrebbe recepito il messaggio e si sarebbe diretto dalla parte opposta, ma io ero entrato per scusarmi e sistemare la cosa, il che era andato malissimo, cazzo.

«Sono certa che Selma Turnbuckle ci sarà e potrebbe benissimo puntare su uno di voi e vincere. Se dovesse farlo, vi comporterete da perfetti gentiluomini,» avvertì lei, agitando il coltello nella direzione di tutti noi. Quella donna faceva da governante del ranch e da mamma chioccia per tutti. E voleva che ci sposassimo.

A me stava più che bene, ma non volevo farmi vendere al migliore offerente. Non ero una cazzo di mucca. Mi sarei sicuramente sentito un pezzo di carne sul palco del centro sociale con delle donne che puntavano su ciò che vedevano: me e i miei fratelli e gli altri uomini che erano stati costretti a partecipare.

Parte dell'uscire con qualcuno era sperare di *non* fare davvero i gentiluomini alla fine dell'appuntamento. La signorina Turnbuckle, però, la bibliotecaria del paese, doveva avere almeno settant'anni. Aveva i capelli grigi da che ero bambino. Non avevo altro che pensieri da gentiluomo per quanto riguardava lei. Magari non sarebbe stato male, come appuntamento. Aveva sempre adorato il fatto che la mamma ci avesse dato il nome dei personaggi di Mark Twain. L'avrei accompagnata a casa e sarebbe finita lì.

Era passato un sacco di tempo da quando avevo provato della vera attrazione per una donna. Anni. Fino a poco prima. Fino a Kelsey. Quando l'avevo vista dall'altra parte del parco giochi mi ero sentito come un personaggio dei cartoni animati, con gli occhi che mi schizzavano fuori dalle orbite e il cazzo che si faceva subito duro. Era semplicemente bellissima, cazzo. Avevo trentaquattro anni, per l'amor del cielo, e non ero affatto un monaco, ma non mi ero mai sentito così, come se fossi stato colpito alla testa col palo di una staccionata.

Io volevo tutto il pacchetto. Gli sguardi appassionati, il corteggiamento, i preliminari, il sesso sudato. Invece, mi ero beccato una ginocchiata nell'inguine. Dovevo essere folle, perché volevo ancora Kelsey. Forse ancora di più perché mi aveva resistito. Per quale motivo, non lo sapevo. Ma l'avrei scoperto.

Avrei dovuto farmi vedere da uno bravo, perché le femmine erano pazze. Avevo avuto una donna che avevo pensato fosse quella giusta, ma era finita malissimo. Tina. Pensare al suo nome aveva lo stesso effetto sul mio cazzo del pensare alla signorina Turnbuckle. Spostai i piselli e feci una smorfia.

«Hai detto di volerci felicemente sposati,» disse Thatcher, rubando un altro pezzo di carota.

Poteva anche essere il più giovane, ma era il più rompiscatole.

«Alice, un appuntamento con una delle tue amiche non ci porterà all'altare,» aggiunse.

Lei posò il coltello e sospirò. Si asciugò le mani sul grembiule. «Voglio che troviate una buona donna tutti quanti.» Il suo sguardo si spostò su di me quando lo disse, sottolineando la parola *buona* perché sapevamo tutti che io avevo trovato una donna—Tina—ed era finita *malissimo*. «Che facciate dei figli.»

Io non mi sarei mai aspettato di trovare una *buona* donna. A quanto pareva, Tina voleva i terreni dei Manning e i soldi ad essi associati più che me. Quando l'accordo prematrimoniale che le avevo presentato aveva mostrato quali fossero stati i suoi veri interessi, mi aveva abbandonato. Me e la città.

Non avrebbe mai potuto scoparsi il capo dei pompieri della città, ingannarlo e restare nei paraggi. Il Bend era troppo piccolo per permettere a roba del genere di passare inosservata. Le probabilità di trovare Quella Giusta nella campagna del Montana, quella che mi avrebbe fatto sorridere e mi avrebbe fatto venire con forza erano praticamente nulle. Pensai subito a Kelsey. Lei mi aveva fatto sorridere. E mi avrebbe fatto venire così forte, cazzo—non appena le mie palle si fossero riprese.

Per quanto riguardava il fare dei figli, se non altro mi stava bene fare un po' di pratica. Un sacco. Non mi serviva nemmeno un letto. Avrei fatto pratica ovunque con Kelsey piegandola a novanta sulla mia scrivania o prendendomela nell'ultimo box nelle stalle. Su una coperta nei pascoli a sud. Perfino nella mia doccia, cazzo.

Porca puttana, ero nei guai se mi stavo immaginando di fare tutte quelle cose con una donna che palesemente mi odiava.

«Io ho Claire,» le ricordò Huck.

Alice addolcì la propria espressione al sentir parlare della figlia di Huck. Quella donna faceva parte della famiglia da prima che io fossi nato ed era rimasta a prendersi cura di tutti noi dopo che i nostri genitori erano morti quando io avevo avuto quindici anni. Non avevamo un legame di sangue, ma era decisamente la nonna onoraria di Claire. «Eccome. Ora trovati anche una donna.»

Huck piegò la testa all'indietro e rise. La madre di Claire era un casino ed era sparita da tempo. Huck stava molto meglio senza di lei. E lo stesso valeva per Claire.

Forse Alice aveva ragione nel farci partecipare a quell'asta. Chiaramente, io e Huck facevamo pena nello sceglierci delle donne. Per quanto riguardava Thatcher, nessuna donna si era dimostrata un'arrampicatrice sociale né si era presentata incinta di lui, ma era ancora single e questo, agli occhi di Alice, era un difetto letale.

«Sissignora,» disse Huck, tranquillizzandola.

«L'asta è stata organizzata tramite il centro sociale,» disse lei, prendendo il tagliere e facendo scivolare le carote nella pentola sul fuoco. «Dovete ammettere che è una cosa diversa dalla vendita delle corone di fiori dell'anno scorso.»

Lo era eccome, diamine. Vendere ghirlande di agrifoglio era una cosa, vendere me stesso un'altra.

«Il reverendo Abernathy farà da presentatore,» aggiunse lei, come se ciò potesse migliorare la cosa.

Thatcher rise. Huck gemette. Lo feci anch'io, ma tra me e me. Eravamo andati in chiesa da bambini con i nostri genitori, ma ci eravamo allontanati da quel gregge.

«Questi appuntamenti verranno supervisionati, dunque?» domandò Huck. «Aspetta. Non si tratta di un qualche trucchetto per farci sposare sul momento, non è vero?»

Io mi immobilizzai, pensando che potesse effettivamente succedere.

«Huckleberry Manning, hai battuto la testa? È un evento di beneficienza, non una trappola.» Alice gli rivolse di nuovo la sua occhiata. «Verranno donne non solo da Bend a fare offerte. Mi aspetto che ne arrivino fino da Helena. Non capita spesso che i fratelli Manning finiscano in vendita.»

Spesso? Diciamo più che altro mai. Potevamo anche essere andati a caccia di donne in passato, e Huck magari era pure padre adesso, ma noi fratelli Manning eravamo selettivi. Quantomeno discreti. Di sicuro non facevamo la spia quando ce la facevamo con qualcuno.

Lei ci scrutò tutti e tre da capo a piedi.

Eravamo tutti più alti di un metro e ottanta e avevamo le spalle ampie, la mascella squadrata e gli occhi azzurri di nostro padre, ma in qualche modo eravamo finiti con l'avere i capelli di colori diversi. I miei erano quasi neri. Quelli di Huck erano biondi e Thatcher li aveva pel di carota. Mi ricordavo che nostro padre aveva sempre detto che la Mamma doveva averlo tradito con un paio di cowboy per farci uscire così diversi, ma erano stati talmente innamorati che non esisteva proprio che uno di loro due potesse aver violato il loro matrimonio. Era stata un'unione perfetta che anch'io volevo per me stesso, ma dubitavo che l'avrei mai ottenuta. Stavo invecchiando e, a quanto pareva, le donne mi desideravano solamente per il mio grosso conto in banca o per il mio grosso cazzo. O entrambi.

«Non mi serve aiuto con la mia vita amorosa,» disse Thatcher, offrendoci il suo ghigno malizioso.

Alice sbuffò e tornò a tagliare verdure, passando al sedano. L'odore di carne che si arrostiva nella pentola sul fuoco mi fece brontolare lo stomaco.

«Vita amorosa? No, ma non hai mai portato una donna a casa per cena,» gli disse lei. «Lui ha avuto una figlia al di fuori del matrimonio.» Puntò il coltello in direzione di Huck e lui arrossì, ma non si vergognava di Claire. Alice la amava alla follia, per cui il suo unico problema era il fatto che fossimo tutti e tre ancora single.

«E tu.» Si voltò e mi rivolse un'occhiata subdola.

«Io?» chiesi, posandomi una mano sul petto. «Che ho fatto io?»

Lei lanciò un'occhiata ai piselli che avevo sull'inguine.

«È chiaro che non lo stai facendo nel modo giusto,» ribatté con insolenza. «Dal momento che hai sprecato un pacco dei miei piselli nel tentativo di ottenere un appuntamento.»

«Dopo Tina--» Sollevai i piselli. «E quello che è

successo poco fa, vuoi che vada a provarci con qualche donna?»

Lei si acciglò, imbronciando le labbra come se il pensiero di Tina le avesse lasciato l'amaro in bocca. «Provarci? No. Guarda dove ti ha portato. È chiaro che hai bisogno di essere aggiudicato ad un'asta se non riesci a farcela da solo.» Si voltò verso la sua pentola di stufato, un po' agitata, poi mi guardò da sopra la spalla.

Io mi sentii effettivamente arrossire. Mi sentivo sconfitto. Volevo Kelsey. Volevo che fosse lei a comprarmi all'asta perché volevo una seconda possibilità. Diamine, volevo sapere cosa l'avesse scaldata tanto. Ma lei non avrebbe mai puntato su di me.

«Non vi crescerò per sempre,» proseguì lei. «Ve l'ho già detto, e ve lo dirò un'altra volta, mi sto organizzando per trasferirmi vicino a mia sorella in Alabama dove fa caldo tutto l'anno.»

L'aveva già detto ed io avevo la strana sensazione che fosse sempre più decisa ad attuare quel piano ogni giorno che passava. Alice era stata la nostra roccia sin da quando erano morti i nostri genitori. Era madre, governante, infermiera e ci aveva perfino fatto da autista fino a quando io non avevo preso la patente e mi ero assunto quel compito.

«Non vuoi che ci proviamo con donne qualunque, ma ti sta bene venderci alla miglior offerente?» le chiese Huck.

«Io non stavo cercando di provarci con una donna *qualunque*,» gli ricordai, cercando di far loro capire che non ero un puttaniere. «La nuova maestra all'asilo è... diamine, è particolare. Mi sono offerto di farle vedere la città, non il mio letto.»

Alice assottigliò lo sguardo e strinse le labbra.

Ignorò me e Thatcher per voltarsi verso Huck. «*Voi* vi siete offerti volontari--»

«Volontari? Più che altro costretti,» si intromise Huck, ma non riuscì ad interrompere Alice.

«--per fare da scapoli per raccogliere fondi per il programma giovani al centro sociale. Vi ricordate quanto foste coinvolti da piccoli?»

Avevamo giocato nella lega dei piccoli e avevamo partecipato a qualche gita in campeggio. Qualche ballo. Io avevo perfino dato il mio primo bacio ad uno di quelli.

Quando me n'ero andato al college nel Missoula, Huck e Thatcher—che avevano due e quattro anni meno di me—avevano fatto altre cose del programma. Alice aveva ragione. Era una buona causa, ma avrei preferito staccare loro un assegno piuttosto che ritrovarmi all'asta, solo che non osavo dirlo. Ero il fottuto capo dei pompieri. Ero coinvolto nella comunità.

«La signorina Turnbuckle sarebbe un appuntamento da sogno rispetto a gente come Delilah Mays,» disse Thatcher, poi rabbrividì esageratamente. Poteva essere il meno... selettivo, ma nemmeno a lui interessava un elemento del genere.

«Delilah?» Huck gemette e andò al frigo, prendendo una tazza dalla credenza e versandosi un po' di caffè che Alice teneva sempre pronto. «Ha messo gli occhi su tutti quanti noi da quando ci sono cresciuti i peli sulle palle.»

«Occhio al linguaggio,» lo avvertì di nuovo Alice, scuotendo la testa sconvolta, come al solito, dalle parole volgari di Huck.

«Ma che ca—cavolo, Huck?» dissi nello stesso istante io, cercando di non ridere sebbene fosse vero.

«Vi do ragione su questo,» ammise Alice. «Non riesco a credere che si sia infilata nel tuo letto all'ultimo anno.»

«Infilarsi nel mio letto?» domandai io, spalancando gli occhi. «Alice, non è passata dalla porta d'ingresso. Si è arrampicata dalla finestra e si è spogliata completamente.»

Thatcher ridacchiò. «La prima volta che ti sei trovato una donna nel letto e non sei riuscito a scopartela.»

Io non potei fare a meno di ridere, sebbene all'epoca fosse stato un incubo. Delilah era bellissima. Lo era stata perfino allora. Era il sogno erotico di qualunque liceale. Ma quando ti coglieva di sorpresa nel tuo letto... il mio cazzo da adolescente si era indurito alla vista delle sue tette sode, ma si era presto sgonfiato. Per un po' di tempo, avevo pensato che me l'avesse rotto.

Quel fiasco non l'aveva scoraggiata più di tanto, sebbene fosse passata ad Huck e Thatcher. Non si era arrampicata fino alle loro finestre. Se non altro aveva imparato quella lezione, sebbene fossi sicuro che deside-rasse ancora uno di noi, perfino dopo tutti quegli anni di rifiuti.

Alice si schiarì la gola e andò ai fornelli per abbassare

la fiamma, lo sfrigolio della carne che si attenuava. Sapeva che non eravamo vergini, ma di sicuro non condividevamo con lei dove infilassimo il cazzo.

«Farebbe venire l'ansia da prestazione a chiunque,» ribatté Huck.

«È stato più di dieci anni fa. Non è migliorata affatto, al giorno d'oggi,» aggiunsi io, sebbene non perché non l'avessi mai avuta nel mio letto. Cazzo, no. «Era all'asilo. Sua figlia è proprio come lei. Sii felice che Claire sarà un anno avanti a lei a scuola.»

Huck si passò una mano in viso e sospirò.

«Ci saranno altre donne a fare offerte a parte Delilah,» aggiunse Alice, riportando la conversazione all'asta di scapoli. «È un ottimo modo per le donne per avvicinarsi a voi tre.» Ci scrutò da capo a piedi. «Dovete ammettere che, tra i volti corrucciati e la vostra stazza, mettete paura.»

«Non possiamo semplicemente donare i soldi al programma?» domandò Huck, dando voce ai miei pensieri per poi bere un sorso di caffè. Era sempre stato il più capriccioso tra noi tre, ma eravamo tutti ugualmente condannati a quell'evento. Lamentarsene non avrebbe migliorato la cosa.

«Ora basta.» Alice si posò le mani sulla vita sottile. Quasi sulla settantina, aveva la spina dorsale bella dritta ed era sana come un pesce. Tutti noi la superavamo di quasi cinquanta chili, ma nessuno attaccava briga con lei. «Se Huck può parlare dei peli sulle vostre palle, allora io posso parlare dei giorni in cui ho dato una mano a ripulirvi il culo.» Fece una pausa ad effetto, il che ci fece agitare tutti quanti. Lei puntò nuovamente il coltello verso di noi. «Voi tre parteciperete all'asta di scapoli venerdì sera. Verrete venduti a donne disponibili—e si spera attraenti. Fine della discussione.»

3

Sawyer

Due giorni dopo

«È un incubo, cazzo,» mormorò Huck, spostandosi per appoggiarsi alla parete. Ci trovavamo nel backstage del centro sociale, in attesa del nostro turno per farci chiamare sul palco e farci mettere all'asta. Indossavamo tutti i nostri stracci migliori, ovvero dei jeans puliti e delle camicie stirate. Thatcher mi lanciò una mentina per poi infilarsene una in bocca lui stesso.

Huck avrebbe preferito scappare verso le colline piuttosto che starsene lì e sapevo che era solamente la furia di Alice a trattenere lui—e me—dal farlo.

«Amico, hai visto tutte le donne là fuori?» domandò Thatcher, andando a sbirciare dietro l'angolo per scrutare il pubblico. *Lui* sembrava molto più entusiasta. Diamine, poteva prendersi anche il mio appuntamento e probabilmente quello di Huck.

Sulle pareti di cemento rimbombavano gli applausi e le grida delle signore. Un altro uomo era andato incontro alla sua fine. C'erano più partecipanti di quanti mi fossi mai immaginato. Quell'edificio veniva usato per tutto, dal basket al nuoto ai programmi per gli anziani, ed era inoltre progettato per gestire ogni genere di evento paesano, ma un'asta di scapoli era una novità. Dovevano esserci almeno un centinaio di donne là fuori e i livelli di estrogeno erano alle stelle.

Circa quindici uomini erano stati costretti a scambiare un appuntamento per una donazione in beneficienza. Ne conoscevamo personalmente un paio perché eravamo cresciuti insieme e ci eravamo visti in città, ma gli altri dovevano essere stati trascinati lì dal resto della contea.

A giudicare dalle offerte per le quali erano stati "venduti" i primi tre ragazzi, era palese quanto alcune donne fossero impazienti di aiutare il programma giovani. O di accaparrarsi un appuntamento.

Thatcher si avvicinò e mi diede una pacca sulla spalla. «Non ti sei ancora ripreso?»

Sogghignò ed io lo guardai male.

Huck sorrise. «Amico, sei cotto.»

Era vero. Avevo passato gli ultimi due giorni a pensare

alla bellissima donna dai capelli rossi che mi aveva rifiutato.

«Devo sapere che cosa ho fatto. Cosa ho detto per aizzarla,» dissi loro. Di nuovo.

«Devi stare alla larga dalla gente pazza,» mi disse Huck.

«Vuoi uscire con lei?» replicò Thatcher, scrutandomi.

«Non ho idea di cosa voglio fare con quella donna,» risposi. Uscirci? Non ne avevo la minima idea. Forse avevo colpito la testa quando mi aveva mandato al tappeto perché per quale cazzo di motivo avrei dovuto voler rintracciare una donna che chiaramente non voleva avere nulla a che fare con me? Che mi detestava.

Era una sfida? Era pazza? Lo ero io?

La mia risposta non fece che far ridere Huck, il che era la prima volta che succedeva da quando eravamo entrati al centro sociale. «Solo tu vorresti rivendicarti una donna con delle palle più grosse delle tue.»

Rivendicarla. Quell'idea non era poi così male. Però dovevo ancora trovarla. Dovevo sapere. Si scaldava facilmente, il che non fece che farmi chiedere se si scaldasse anche di passione con altrettanta facilità.

L'ultima cosa che volevo era turbarla. Feci una smorfia, sperando che quando mai l'avessi rivista, sarei stato in grado di sistemare le cose. Un uomo più saggio si sarebbe tenuto alla larga, il che faceva di me un grandissimo idiota.

«Sarà difficile sistemare la cosa se uscirai con un'altra donna,» disse Thatcher, accennando al palco con la testa.

Io lo guardai in cagnesco. «Chiunque mi comprerà non otterrà più di un caffè da me. Con Kelsey voglio...» Smisi di parlare perché non avevo la minima idea di cosa volessi fare con lei. Be', lo sapevo, ma perché?

«Qualunque cosa tu faccia, mettiti il preservativo,» scherzò Huck e Thatcher gettò indietro la testa ridendo, dandosi perfino una pacca sulla coscia.

Era così fottutamente carina. Minuta con curve infinite. Non era appariscente come Delilah e Tracy con i loro stracci firmati e le ciglia finte mentre guardavano le loro bambine giocare. L'abbigliamento semplice di Kelsey non aveva fatto che accentuare la sua pelle chiara, quelle labbra piene. Il rigonfiamento delle sue tette piccole, ma sode. La macchia di vernice sulla sua maglietta aveva dimostrato che non le dispiaceva sporcarsi e il modo in cui aveva parlato con gentilezza con la futura diva Tamara diceva che era una cazzo di rock star con i bambini.

Nel giro di cinque minuti, avevo scoperto di volerla. Avevo bisogno di farla passare da *col cazzo proprio* a *dammi il tuo cazzo, ti prego*. Dal tirarmi una ginocchiata nelle palle allo stringermele nel palmo mentre mi succhiava l'uccello.

Ed eccomi lì nel backstage, pronto ad uscire con qualche donna per beneficienza, e stavo perdendo la testa. Per una maestra d'asilo.

Mi passai una mano sul viso, guardando un altro uomo affrontare il proprio turno.

Merda. Io non volevo un appuntamento qualunque.
Io volevo Kelsey.

Mi passai una mano tra i capelli, che, secondo le
istruzioni di Alice, erano ordinatamente pettinati.

«Manning, il prossimo sei tu,» esclamò il reverendo
Abernathy per poi fare capolino con la sua testa mezza
pelata dalla tenda. «Oh, fantastico, ci siete tutti e tre. Chi
di voi vuole andare per primo?»

Io, Huck e Thatcher ci scambiammo un'occhiata.
Huck si picchiettò il naso, poi lo fece Thatcher nel nostro
solito gioco in cui a chiunque se lo toccasse per ultimo
spettava il compito. In quel caso, vendersi all'asta ad un
gruppo di donne chiassoso e turbolento. Sospirai, rasse-
gnandomi a ciò che stava per succedere. «Vado io.»

Il prete scomparve.

«Facciamola finita,» borbottai per poi seguire l'uomo
di Dio sul palco.

———

KELSEY

AVEVO ATTESO la telefonata di Irene che mi dicesse che
ero stata licenziata. Dopo essermene andata dall'asilo il
giorno prima, ero andata in una lavanderia a gettoni per
lavare la piccola pila d'abiti che avevo nel baule della mia
auto. Mentre davo di matto. Poi ero andata al centro
sociale, dove avevo pianto come una bambina nella

doccia del camerino delle donne per ciò che avevo fatto. Poi ero andata al supermercato per comprare dei pasti surgelati. Quando avevo sbloccato la porta sul retro dell'asilo con la mia chiave così da poter riscaldare la mia cena nel microonde e dormire un po', avevo quasi pianto di sollievo. Non che Irene avrebbe fatto cambiare le serrature, ma avevo avuto irrazionalmente paura che Sawyer Manning avesse voluto farmi mandare via. O licenziare.

Non l'avrei biasimato. Il mio comportamento era stato peggiore di quello di Tamara.

Sawyer non doveva aver fatto nulla, perché erano passati due giorni da quando gli avevo tirato una ginocchiata nelle palle e non avevo sentito dire nulla al riguardo. Sarah Jane non aveva detto una parola e, quando avevo lavorato con Irene quella mattina, lei mi aveva solamente chiesto con la sua solita preoccupazione come me la stessi cavando nel mettere da parte i soldi per la mia caparra. Era come se quell'incontro non ci fosse mai stato. Ovviamente, Claire non era più venuta da allora, per cui non mi ero più imbattuta in lui. C'era sempre la prossima settimana, il che mi spaventava ancora.

Quando Sarah Jane mi aveva invitata ad un'asta di scapoli—ciò che, a detta sua, era l'evento dell'estate—mi ero incontrata con lei ed Irene all'auditorium. Fu allora che mi resi conto finalmente che, per chiunque altro a parte me e Sawyer Manning, *non era successo nulla*.

Dovevano esserci un centinaio di donne, lì, tutte sedute a dei tavoli rotondi, che ridevano e applaudivano, fischiavano e acclamavano mentre un uomo dopo l'altro veniva venduto all'asta.

Io non possedevo un centesimo, per cui non avevo alcuna intenzione di comprarmi un appuntamento. Irene era sposata, per cui anche lei era lì solamente per divertirsi. Sarah Jane aveva la mia età ed era single e ci offriva una cronaca dettagliata di ogni uomo e di ogni donna che vi faceva una puntata. Era cresciuta lì e conosceva ogni singolo pettegolezzo succoso. Per questo, aveva detto che probabilmente non avrebbe puntato su nessun uomo, sebbene fosse disposta a contemplare quella possibilità tanto per stare sicuri.

Io ero grata della loro amicizia. Della gentilezza di Irene vista la mia situazione.

Il prete—una scelta strana come presentatore di un'asta di scapoli—annunciò un altro uomo. Lui salì sul palco con un grosso sorriso nervoso.

«Owen Zerwig. Andavo a scuola con sua sorella,» disse Sarah Jane. La stanza era così chiassosa che non aveva bisogno di parlare a bassa voce. In effetti, doveva alzarla per farsi sentire da me.

Il ragazzo aveva i capelli biondo cenere ed era di bell'aspetto. Robusti stivali da lavoro, Wrangler stirati e una camicia a quadri. Aveva i capelli folti e, a giudicare da ciò che stava dicendo il prete, possedeva una casa e un lavoro ben pagato.

Un ottimo partito.

«È un brav'uomo,» aggiunse Irene, accennando col

mento ad Owen. «Anche bello. Perché non fai una puntata su di lui?» chiese a Sarah Jane.

Lei scosse la testa, il suo adorabile caschetto che le ondeggiava sulle guance. «Ho visto il suo pene.»

Spalancai la bocca mentre lei rispondeva una cosa del genere come se mi avesse chiesto di passarle il sale. Irene strabuzzò gli occhi.

«Avevamo quattro anni e stavamo giocando nella piscina dei bambini, ma in ogni caso, l'ho visto.»

«Sono certa che ce l'abbia... più grosso, adesso,» commentò Irene, cercando molto duramente di mantenere un'espressione neutra.

Sarah Jane ed io ci scambiammo un'occhiata per poi scoppiare a ridere.

«Oh, guarda, Delilah sta puntando,» disse Irene.

Io e Sarah Jane ci voltammo nel sentir accennare alla madre dell'asilo. Era tanto composta come il giorno prima al parco giochi, sebbene avesse una maglia un po' più attillata e il trucco sugli occhi un tantino più marcato.

«Non è sposata?» domandai io, prendendo il mio bicchiere di plastica per bere. Era un evento senza alcol, per cui c'erano boccioni d'acqua ai quattro angoli della stanza.

Loro scossero la testa. «Non ha mai pronunciato i voti,» commentò Sarah Jane.

«Probabilmente si tratterrà per uno dei Manning,» aggiunse Irene, lanciando un'occhiata al proprio cellulare per poi posarlo sul tavolo.

Il mio cuore ebbe un tuffo a quel nome ed io tossii

strozzandomi col sorso che avevo appena bevuto. Lei mi scrutò preoccupata, ma proseguì. «Ricchi e bellissimi. Fanno doppiamente gola a Delilah.»

«Alla maggior parte delle donne,» aggiunse Sarah Jane. «Ho sentito dire che anche loro saranno messi all'asta questa sera.»

Irene annuì. «Sono bravi ragazzi. Sono amica della loro governante. Li ha convinti tutti e tre a partecipare all'evento. Avrei voluto essere stata una mosca per assistere al momento in cui gliel'ha detto.»

Io pensai a Sawyer Manning. A quanto fosse grosso. Bello. «Sono in tre?»

Sarah Jane si fece aria con la mano. «Già. Sawyer, Huck e Thatcher. »

«Da Mark Twain?» chiesi io.

Irene annuì. «Bravissima. Non tutti colgono la cosa. Alla loro mamma piacevano i suoi libri.»

«Sono tutti ugualmente bellissimi,» aggiunse Sarah Jane per poi mordersi un labbro. «Potrei dover puntare su uno di loro. Non saprei quale.»

«Moro, biondo o rosso?» le chiese Irene con un ghigno malizioso.

Sarah Jane ci rifletté picchiettandosi il mento. «Vorrei che i Manning fossero come palline di gelato ed io potessi averli tutti e tre.»

Ero del tutto confusa per cui posai il bicchiere e sollevai una mano. «Aspettate. Uno di loro è il padre di Claire Manning.»

Loro annuirono.

«Ma non può partecipare all'asta. È sposato.»

«Venduto!» urlò il prete e le signore applaudirono. Owen arrossì e sogghignò dal palco. La donna che se l'era aggiudicato—non Delilah—si alzò e lui scese i gradini per andarle incontro. Io li guardai, ma non prestai loro alcuna attenzione. La mia mente era concentrata sul fatto che ci fossero tre fratelli Manning. Se gli altri fossero assomigliati a Sawyer... wow.

«No. Huck non è sposato. Non sono sicura quale sia la storia, ma--»

Io afferrai il braccio di Sarah Jane, fissandola ad occhi sgranati. «Huck?»

Lei si accigliò, abbassando lo sguardo sulla mia presa. «Sì. Huck Manning è il padre di Claire.»

Io mi leccai le labbra improvvisamente secche. «Allora... allora chi è Sawyer Manning?»

Piegando la testa di lato, lei mi guardò dopodiché i suoi occhi si illuminarono. «Il più grande. Oh, l'hai conosciuto all'uscita dall'asilo l'altro giorno. È lo zio di Claire.»

Zio. Non padre.

«Ed è... scapolo?» squittii.

Irene rise. «Tutti e tre lo sono. Huck non si è mai sposato. Alice vuole che si accasino.»

Porca puttana.

Sawyer Manning era single. Non era sposato. Ed era appena stato chiamato sul palco dal prete.

Le signore applaudirono, un paio fischiò mentre il cowboy alto, scuro e bellissimo usciva sul palco. La mia pressione sanguinea schizzò alle stelle al solo fissarlo. Già, quello era il tizio a cui avevo tirato una ginocchiata nelle palle. Senza alcun motivo.

Oh mio Dio.

«Cosa ne pensate voi signore di quest'ottimo scapolo?» chiese il prete alla folla e loro risposero ancora più forte applaudendo e urlando. Io ero completamente d'accordo con loro. Era un esemplare sbalorditivo di cowboy focoso.

Sawyer Manning, con indosso dei jeans, degli stivali lucidi da lavoro e un'elegante camicia blu, si tolse lo Stetson e si passò una mano sulla nuca. Per quanto stesse sorridendo, non sembrava troppo entusiasta di tutte quelle attenzioni. Né impaziente di accaparrarsi un appuntamento come Owen prima di lui.

Sawyer era interessato a me il giorno prima.

Oh mio Dio.

Mi aveva chiesto di uscire. Io gli avevo dato una ginocchiata all'inguine.

Dovevo scusarmi. Sistemare le cose.

«Cominciamo con l'asta?» Quando gli applausi scemarono, il prete disse, «Cominciamo con cinquanta dollari.»

Le puntate cominciarono, rapide e frenetiche, una dietro l'altra.

«È il più grande dei tre,» commentò Sarah Jane. «L'ho incontrato una volta. Gentilissimo. Non sono sicura se sceglierei lui o Thatcher. Lui è quello coi capelli rossi. Sarà il prossimo o l'ultimo, suppongo.»

Io annuii vagamente, ma osservai le donne puntare in tutta la stanza, compresa Delilah.

Il mio sguardo tornò su Sawyer. Se ne stava lì alto e... immenso, tenendosi lo Stetson al petto. Guardarlo in quel momento mi provocò lo stesso brivido del giorno prima. Il mio cuore batteva all'impazzata. Avevo l'acquolina in bocca. C'era qualcosa in lui che mi attirava. Che mi rendeva *vogliosa*.

Ogni volta che Delilah faceva una puntata, lui aveva un tic alla mascella. Per quanto avesse una posa casual, non potei non notare il modo in cui le sue dita si stringevano per poi rilassarsi. Non era felice.

«Questo potrebbe essere il modo per farle ottenere l'appuntamento che ha sempre desiderato,» disse Sarah Jane, indicando Delilah. Stava sorridendo con un lucichio predatorio negli occhi che non potei non notare perfino dall'altra parte della stanza. «Il fatto che debba pagare per riuscirci la dice lunga.»

«Hai ragione,» le dissi io. «L'ho sentita parlare di lui l'altro giorno all'uscita.»

Sarah Jane si accigliò. «Non sarebbe divertente per Sawyer.»

Sawyer mi aveva detto che non gli piaceva. Aveva detto di averla conosciuta per tutta la sua vita, che non gli era mai piaciuta sin dall'inizio. Se aveva ragione nel sostenere che Tamara avesse preso da sua madre... un appuntamento con Delilah sarebbe stato terribile. E se lei avesse messo i suoi artigli smaltati su di lui...

Non era giusto.

«Trecento!» esclamò Delilah, alzando l'offerta di altri cinquanta dollari.

Il prete si guardò attorno in attesa di altri parteci-panti. Le puntate avevano rallentato fino ad esaurirsi a quella grossa somma per un appuntamento.

Sawyer rimase immobile, il corpo teso. Si era offerto lui volontario per quella cosa, aveva concesso il proprio tempo gratuitamente per una buona causa. Centinaia di dollari al programma giovani erano fantastici, ma per quanto sarebbero provenuti dal conto in banca di Deli-lah, a Sawyer sarebbe costato molto passare del tempo con quella donna che non gli piaceva.

«Trecento e uno.»

Non potevo lasciare che accadesse.

«Trecento e due.»

Lo dovevo a Sawyer Manning per ciò che avevo fatto.

«Cinquecento dollari,» urlai.

Tutti quanti si voltarono a guardarmi.

Irene sussultò e Sarah Jane mi fissò ad occhi sgranati. Spalancò perfino la bocca. Le avevo colte di sorpresa e lo stesso sembrava valere per ogni altra persona nell'au-ditorium.

Lo sguardo di Sawyer Manning si spostò di scatto su di me. Incrociò il mio. Lo sostenne.

Mi vennero subito duri i capezzoli.

«Venduto!»

Tutti applaudirono, ma io non lo sentii mentre fissavo Sawyer. Avevo il cuore in gola e le mani sudate.

«Um, Kelsey,» mormorò Sarah Jane per poi scuotermi

un braccio. Io non avevo intenzione di spostare lo sguardo per nulla al mondo. «Cosa... perché... hai appena vinto Sawyer Manning.»

«Lo so,» dissi, tanto entusiasta quanto nel panico. Cos'avevo fatto?

«Tesoro, so che abbiamo detto che era attraente e tutto, ma i soldi...» disse Irene, lasciando in sospeso la frase. Era l'unica a conoscere la mia situazione. Perfino Sarah Jane non sapeva che dormivo all'asilo. Facevo molta attenzione, tenendo le mie cose come uno spazzolino in una borsa e infilandola in una delle credenze più alte. Il lettino nella stanza sul retro dell'asilo lo tenevo sempre ben fatto. I miei effetti personali che quella stronza della mia ex coinquilina non mi aveva rubato erano nascosti in un piccolo deposito ai margini della città. I miei abiti erano nel bagagliaio della mia auto. Ciò che mi stava ricordando Irene—perché io avevo chiaramente perso la testa—era che non avevo i soldi per pagare l'asta. Non le importava che avessi acquistato uno scapolo, ma si preoccupava del fatto che avessi reso palese la mia situazione non essendo in grado di concludere l'affare. Sarebbe stato imbarazzante per me e per Sawyer. All'organizzazione sarebbero mancati dei soldi che qualche altra donna, perfino Delilah, avrebbe dato volentieri.

Annuii per poi ammettere, «Lo so, non ho riflettuto.»

Irene ridacchiò. «Tesoro, non sei la prima donna ad aver perso la testa per un Manning.»

Sawyer balzò giù dal palco, saltando i gradini e avvicinandosi con andatura rilassata—già, era così che un cowboy sexy mi si avvicinava—senza guardare da nessuna parte se non nella mia direzione.

Io mi leccai le labbra e deglutii con forza, incapace di distogliere lo sguardo da lui.

«Ma perché? A parte l'ovvio,» si chiese Sarah Jane.

«Gli ho dato una ginocchiata nelle palle,» ammisi io, senza guardare nessuna delle mie amiche.

Irene continuò direttamente a ridere.

«Tu cosa?» urlò praticamente Sarah Jane, ma io non avevo intenzione di rispondere perché Sawyer era al mio fianco, che si rimetteva il cappello in testa.

Dovetti piegare il mento all'indietro per sollevare lo sguardo su di lui. Mi porse una mano ed io la presi.

Lui mi strattonò leggermente e mi tirò in piedi per poi chinarsi. Prima che potessi anche solo domandarmi cosa avesse intenzione di fare, lui mi gettò in spalla e mi trascinò fuori dalla stanza.

4

$\mathcal{S}$AWYER

IL MODO in cui me la portai via dalla stanza probabilmente non fu l'idea migliore che potessi avere. Poteva anche trattarsi della presa da pompiere, ed io ero il capo dei pompieri, ma non c'era alcun incendio. Se volevo che la città si tenesse fuori dalla mia vita amorosa, non era quello il modo di riuscirci. Ma quando era stata Kelsey ad esclamare la puntata vincente, il mio uomo delle caverne interiore aveva preso il sopravvento. Mi ero rassegnato a portare Delilah a prendere un caffè. La mattina dopo. Alla caffetteria sulla Main Street dove c'erano un sacco di testimoni, così che non mi avrebbe messo le mani addosso. Ma poi Kelsey, dal nulla, aveva urlato un'offerta più alta. Il reverendo Abernathy aveva

esclamato *Venduto* più in fretta di quanto Delilah avrebbe
potuto ribattere, grazie a Dio. Letteralmente e metafori-
camente.

Avevo ottenuto esattamente ciò che volevo. Un
appuntamento con Kelsey. Ero pazzo? Di sicuro stavo per
scoprirlo, cazzo. Non appena l'avevo trovata tra la folla,
non avevo distolto lo sguardo. Come avevo fatto a non
notarla? Quei capelli rossi selvaggi. Quella pelle chiara.
Quelle labbra piene. Quanto fosse bella.

Poteva anche essere stata lei a comprarmi, ma adesso
era mia. Perché la volessi, non ne avevo la minima idea.
Forse ero masochista. Forse volevo una sfida. Volevo
sapere se la sua figa avesse gli stessi riccioli rossi che
aveva in testa.

A parte tutto quello, dovevamo capire alcune cose,
tipo il motivo per cui mi avesse tirato una ginocchiata
nelle palle. Perché l'avesse fatto per poi comprarmi ad
un'asta.

Con un braccio stretto attorno alle sue cosce,
camminai dritto fuori dall'edificio e non la misi giù fino a
quando non fummo accanto al mio pickup. Per quanto il
parcheggio fosse pieno, era deserto dal momento che
l'asta era ancora in atto. Se Huck e Thatcher fossero stati
gli ultimi due uomini rimasti, non sarebbe durata ancora
a lungo.

Le serate estive erano lunghe nel Bend, il sole era
appena tramontato dietro le montagne. La città si trovava
in un'ampia vallata, il centro costruito attorno ad un'ansa
del fiume. Era caratteristica e pittoresca, ma l'unica cosa

che riuscivo a vedere io era la donna che avevo appena rimesso in piedi.

Aveva i capelli lunghi e selvaggi attorno al viso, le ciocche rosse che sembravano avere vita propria. Sembrava Medusa. Aveva un leggero rossore sulle guance e, molto probabilmente, i suoi occhi verdi brillavano di rabbia.

Indossava dei jeans con una maglietta azzurra— niente macchie di vernice—e dei sandali in pelle. Semplice, ma la sua mancanza di ostentazione non faceva che mettere in mostra il morbido rigonfiamento delle sue tette floride, la curva dei suoi fianchi. Era bella in maniera naturale. Diamine, non ci stava nemmeno provando. Non ero certo se anche solo sapesse quanto fottutamente affascinante fosse.

Lei si guardò attorno, come a cercare di capire dove fossimo, per poi tornare a guardare me. Sollevò il mento, così da potermi guardare negli occhi, ma io ebbi la sensazione che fu anche perché fosse infastidita, sebbene il leggerissimo sorriso che le tendeva le labbra dicesse il contrario. Le *piaceva* farsi maltrattare, se non altro da me. Eppure, io non avevo idea del perché la sua insolenza mi eccitasse tanto.

«Avrei potuto camminare, sai,» mi disse, posandosi le mani sui fianchi e piegando la testa di lato.

Io sogghignai perché in qualche modo l'ira di quella piccola sfacciata mi intrigava. «E avresti potuto tirarmi un'altra ginocchiata nelle palle.»

Lei distolse lo sguardo e si passò le mani sui jeans. Si

leccò le labbra, il che mi fece reprimere un gemito e pensare alle statistiche del baseball così da non avere il segno della zip sull'uccello. «Già, a proposito, scusami.»

«Ti dispiace?» le chiesi, tirandomi indietro il cappello per scrutarla ancora più attentamente.

«Sei sposato?» ribatté lei. Sollevò di nuovo il mento. Aveva una piccola fossetta lì su cui avrei voluto premere il pollice mentre la baciavo.

«No.»

«Allora mi dispiace. Ma avrei potuto camminare.»

«Ti stavo aiutando ad uscire dalla stanza. Sono un pompiere, prendo la gente in braccio in stile pompiere.»

Lei mi scrutò dalla testa ai piedi come se fosse stata sorpresa. «Non mi serve il tuo aiuto.»

«Ma a me serviva il tuo?»

«Volevi farti comprare da Delilah?»

Io strinsi le labbra, passandomi una mano sulla nuca.

«Dovresti ringraziarmi,» disse.

Io abbassai la testa per guardarla negli occhi. Sorrisi. «Io? Ringraziare te? Sono io che mi sono dovuto mettere dei piselli surgelati sulle palle.»

«Io ti ho *salvato* da una pazza.»

Inarcai un sopracciglio. «Ne sei sicura?»

Toccò a lei stringere le labbra perché colse l'antifona —non stavamo più parlando di Delilah. L'occhiataccia che mi rivolse avrebbe incenerito chiunque, il che non fece che farmi allargare il sorriso.

Quell'accanimento mi faceva ridere. Che cazzo aveva quella donna? Era insolente da morire. Le dava tanto quanto le prendeva. Avevamo continuato a parlare a vanvera del fatto che io avrei dovuto *ringraziarla* per qualcosa nonostante non fossi più nemmeno tanto sicuro di cosa.

«Non ti piace che degli uomini sposati ci provino con te,» dissi, sperando di arrivare al succo di tutto quel casino.

«A te piacerebbe?» Incrociò le braccia al petto, il che immaginai dovesse farla sembrare infastidita. Invece non fece che sollevarle le tette e farmi venire voglia di vedere se avesse un reggiseno in pizzo o semplice. Immaginai pizzo. Pizzo color lavanda.

Cazzo.

«Cosa?» domandai, dimenticandomi di cosa avessimo parlato.

Lei sospirò. «A te piacerebbe che una donna sposata ci provasse con te?»

Ah. Pensava che fossi sposato, che Claire fosse mia.

Incrociai le braccia al petto, mimandola. «Perché non mettiamo subito in chiaro come stanno le cose? Non sono sposato. Non lo sono mai stato. Non ho una ragazza. Diamine, non sono nemmeno uscito con qualcuno, ultimamente. Ecco perché Alice mi ha messo come volontario all'asta. Per quanto riguarda Claire, è mia nipote. Okay?»

Lei annuì e fece un'adorabile smorfia. Mi scrutò. Non avevo idea che delle ciglia potessero essere tanto rosse. «Non mi piacciono i traditori.»

Io la osservai e vidi di nuovo quel fuoco nei suoi

occhi. Quella volta, non era rivolto a me. No, era una specie di rabbia interiore. Qualcuno l'aveva ferita in passato e non ci voleva uno scienziato per capire che un uomo le aveva fatto un torto. Un uomo sposato. Non la biasimavo per il fatto che ci andasse cauta.

«Già, l'avevo capito.» Quando lei non disse nulla, io proseguii. «Se sei la mia donna, sei la sola e unica,» le dissi, indicando lei e poi il mio petto. «Nel senso che non tradisco. A te non piacciono i traditori, a me non piacciono i bugiardi.»

Tina aveva mentito circa il suo interesse nei miei confronti. Aveva mentito riguardo al suo coinvolgimento nella nostra relazione. Le avevo comprato un anello, ero stato pronto a impegnarmi con lei, ma lei non voleva me. Voleva i miei soldi, non la vita semplice da moglie di un pompiere. Il ranch dei Manning era immenso e risaliva a molte generazioni prima. Lei voleva fare la signora del castello o qualcosa del genere. Io adoravo i terreni della mia famiglia e i nostri soldi, ma non erano loro a definirmi.

Kelsey non era Tina, ma avevo intenzione di mettere le cose in chiaro sin dall'inizio perché sembrava che le piacesse parlare schiettamente.

Spalancò gli occhi di fronte alla mia affermazione, quelle sopracciglia inarcate che si sollevavano. «Okay,» rispose, per poi rivolgermi un cenno d'assenso.

«Sei stata tu a comprarmi, per cui sono il tuo uomo,» aggiunsi, e non potei fare a meno di sogghignare. Mi piaceva come suonava. Mi piacque anche l'espressione sul suo volto quando pronunciai quelle parole, consapevole che avrebbe reagito.

Una brezza calda si levò giocando con i suoi riccioli. Avrei voluto ravviarglieli dietro l'orecchio. Per un istante, resistetti. Fanculo.

Allungai una mano e le spinsi indietro le ciocche guardandone una liberarsi. Lei si accigliò, poi assottigliò gli occhi verdi. Dal momento che non si era ritratta né aveva indietreggiato, immaginai che quell'espressione fosse dovuta alle mie parole e non alla mia azione.

«Tu sei il mio... cosa?» Inarcò di nuovo le sopracciglia e le sue guance pallide arrossirono. Dovetti chiedermi cos'altro sul suo corpo fosse di una tale adorabile sfumatura di rosa.

Cazzo, sì. C'era quell'accenno di passione che, per qualche assurda ragione, mi faceva venire il cazzo duro. Perché non potevo eccitarmi per Sally Jensen o Lily Sanchez? Loro erano donne dolci, gentili con le quali ero cresciuto. Single. Erano il genere di donne che aveva bisogno di un uomo che le salvasse il gatto. Io facevo quelle cose, venivo perfino pagato. Alice avrebbe smesso di tormentarmi se mi fossi interessato ad una di loro due. Però no. Dovevo essere attratto dall'unica donna in città che mi aveva tirato una ginocchiata nelle palle per poi chiedermi di ringraziarla al riguardo e che l'aveva fatto con un sorriso.

Mi spostai, i jeans improvvisamente molto scomodi. Già, stavo dando di matto. Specialmente quando dissi,

«Mi hai comprato. Sono tuo.» Accennai con un pollice alle mie spalle in direzione dell'edificio.

«Già, um... a proposito.» Si morse un labbro e studiò i bottoni a scatto della mia camicia.

Io attesi. Non perché fossi paziente, ma perché stavo pensando a quel labbro pieno e a tutte le cose che avrei voluto farci. Ed era solo una minima parte di lei. C'era così tanto altro da esplorare.

«Come ho detto, ho fatto un'offerta per salvarti da Delilah,» ammise.

«È l'unico motivo?» le chiesi, facendole l'occhiolino.

Lei assottigliò di nuovo gli occhi verdi e mi posò un dito sulle labbra. «Dopo che sei salito sul palco, Irene e Sarah Jane mi hanno detto che non eri sposato ed io mi sono ricordata di cosa avessi detto l'altro giorno di Delilah. Come non ti piacesse. Dopo ciò che avevo fatto--» Lasciò cadere la mano e mi indicò l'inguine, cosa che non fece altro che farmelo venire ancora più duro. «--non potevo permettere che finissi intrappolato in un pessimo appuntamento.»

«Sarebbe stato pessimo,» ammisi. «Preferirei farmi avvolgere nel filo spinato e trascorrere una serata a farmi fare l'antitetanica al pronto soccorso piuttosto che uscire con Delilah.»

Ciò la fece sorridere sebbene io fossi mortalmente serio. «È così terribile?»

«Terribilissima, cazzo.» Me la ricordai sdraiata nel mio letto ad aspettarmi. Cercai di non rabbrividire.

Il suo sorriso vacillò. «Il punto è, io... non ho riflettuto.

Sono rimasta sorpresa quando mi hanno detto che eri single. Cioè, immaginavo che *dovessi* semplicemente essere sposato.»

Non ero sicura di cosa intendesse e lei proseguì.

«Poi ho visto la faccia di Delilah quando ha fatto l'offerta più alta. Tutto ciò che volevo era salvarti da lei, ma io... non ho cinquecento dollari.»

Io la fissai. Cazzo, quella donna. Era leale e devota e non lo capiva nemmeno. Mi aveva salvato.

Ero io che di solito salvavo la gente, per cui tutta quella... storia con lei era strana. Eppure allungai una mano e la afferrai dalla nuca. La tenni ferma mentre chinavo la testa e la baciavo. Non con forza, solamente uno sfioramento, ma cazzo, morivo dalla voglia di farlo da che l'avevo vista la prima volta.

Lei inizialmente rimase immobile, ma poi si rilassò e questo... questo mi fece uscire liquido preseminale dal cazzo, pur nonostante avesse assaggiato la furia del suo ginocchio pochi giorni prima. Il sentirla arrendersi a me fu ancora più trionfale dopo il modo in cui si era opposta. Non a me, ma a quell'attrazione tra noi due. Anche lei l'aveva provata sin dall'inizio, altrimenti non se la sarebbe presa tanto quando le avevo chiesto di uscire. Cazzo.

«Questo non faceva parte dell'accordo,» mormorò contro le mie labbra.

«Vuoi che mi fermi?» le chiesi.

«No. Dio, no.» Poi tornò subito a baciarmi. Le sue labbra erano morbide e piene. Il suo odore era floreale. Il suo sapore, quando sussultò ed io colsi l'opportunità per esplorarla con la mia lingua, fu dolce e zuccherato.

Lei gemette.

Io grugnii.

Ci trovavamo nel parcheggio del centro sociale. Non era il posto adatto ad approfondire la cosa, per cui mi ritrassi e appoggiai la fronte alla sua, ma tenni la mano ferma sulla sua nuca.

«Per che cos'era quello?» sussurrò lei. I suoi occhi verdi brillavano, ma erano annebbiati. Le sue labbra erano gonfie e bagnate. E adesso le sue guance erano rosse per l'eccitazione.

«Adoro il fatto che non stessi riflettendo quando mi hai salvato da Delilah. Non stavi ragionando con la testa.»

Lei mi fissò, di nuovo con quella piccola V sulla fronte. «Non stavo ragionando col cuore. Non ti conosco nemmeno. Con cos'altro penso?»

Quando si leccò le labbra, io mi avvicinai abbastanza da far premere il suo corpo soffice contro il mio duro. Con la nostra differenza d'altezza, il mio cazzo premeva contro il suo ventre. La mia gamba si insinuò tra le sue e la mia coscia si sistemò all'apice delle sue.

Le sfuggì un sussulto e spostò i fianchi, il che non fece che farle sfregare l'intimità contro di me.

«La tua figa.»

Lei spalancò la bocca, poi si ritrasse. Io voltai leggermente il corpo, pronto ad un'altra ginocchiata dal momento che avevo parlato in maniera volgare. Speravo non troppo da farla arrabbiare di nuovo. Lei indietreggiò di qualche passo e mi fissò, coprendosi le labbra con le dita. Io la fissai di rimando. Attesi.

Già, stava succedendo. Io volevo lei. Lei voleva me, nonostante forse non se ne fosse resa conto fino a quel momento. Non doveva pronunciare le parole *ti voglio*. Le sue azioni, vincermi all'asta per proteggermi, parlavano chiaramente, nonostante non se ne rendesse conto.

Era impetuosa e, diamine, non avevo idea che questo potesse essere tanto eccitante. Non avevo finito con lei, affatto.

Arricciai un dito. «Grazie per avermi salvato da Delilah. Per quanto riguarda i soldi, pareggerò i conti con Alice e gli organizzatori. Forza. Andiamocene da qui prima che l'asta sia terminata. Ti farò fare un giro della città.»

Lei piegò la testa di lato e si morse di nuovo il labbro. «L'altro giorno, ho pensato fosse una metafora.»

Io gettai la testa all'indietro e risi. Quella donna... cazzo, ero nei guai.

«Zuccherino, non dovrai chiederti se ti stia portando a letto o meno.» Lasciai che il mio sguardo le scorresse addosso. «Lo saprai. E lo vorrai anche tu.»

———

KELSEY

. . .

Un'ora più tardi, eravamo seduti sul cassone aperto del pickup di Sawyer nel parcheggio del Frosty Frills, la gelateria del paese. Lui aveva preso un cono al cioccolato e vaniglia per me e uno alla vaniglia per sé stesso. Stavo facendo ondeggiare i piedi avanti e indietro e mi godevo il semplice piacere di una serata estiva e di un dolcetto fresco.

Avevo centellinato ogni risparmio in quei giorni— noodle orientali e antipasti economici da fare al microonde erano i miei alimenti base—al punto che il gelato era buonissimo. Dal momento che c'era incluso un gran figo, era ancora meglio. Quello, però, non ero sicura del perché. Perché mi faceva impazzire e allo stesso tempo mi faceva venire voglia di baciarlo ancora un po'?

Mi aveva davvero portata a fare un giro della città, indicandomi i vari punti d'interesse, che non erano molti. Il liceo. La biblioteca. Il municipio. Per quanto fosse stato abbastanza sicuro di sé da avermi presa in spalla in un auditorium pieno di donne, sembrava che non sapesse esattamente cosa fare con me. Adoravo il fatto che mi avesse indicato l'ufficio postale durante il nostro giro in auto, però... già. Un tantino strano. Specialmente visto che tutti quei posti avevano un'insegna davanti e non ci fosse stata bisogno di una guida turistica per riconoscerne nessuno.

Ero certa che lui lo sapesse. Ero certa che sapesse che io lo sapevo. Era un bene che non ci fosse stato un quiz finale quando avevamo parcheggiato per prendere il gelato perché i miei pensieri avevano continuato a fare avanti e indietro tra *Quel bacio!* e *Non è sposato!*

Forse gli si erano bruciati i neuroni e un giro in auto era stata l'unica cosa che era stato in grado di fare. Forse era gentile come aveva detto Irene e un giro della città per lui era un appuntamento. L'alchimia, però, l'energia innegabile che aveva vibrato nell'abitacolo del suo pickup, era stata difficile da ignorare. Era stata quella tensione a rendere un tour davvero banale del Bend un preliminare.

Sebbene ciò significasse che dopo avremmo fatto sesso... oddio. La mia figa stava pensando al posto mio, come aveva detto lui. Quel bacio era stato un riscaldamento, un assaggio di come sarebbe stato tra noi se avessimo fatto di più. Diamine, non un riscaldamento. Mi ero scaldata sin dal momento in cui l'avevo visto al parco giochi. Il modo in cui mi aveva trascinata fuori dal centro sociale mi aveva fatto indurire all'istante i capezzoli e mi si erano rovinate le mutandine. *Rovinate.*

Non che avessi intenzione di dirglielo. Non avevo bisogno di farmi salvare e, chiaramente, lui era il genere di persona che lo faceva, essendo un pompiere e quant'altro. Salvare la gente era il suo lavoro.

Io ero ancora eccitata e il gelato non mi stava affatto aiutando a raffreddare i miei bollenti spiriti. Guardare Sawyer leccare un cono mi faceva chiedere quanto fosse abile la sua lingua in altri campi. Ancora altri preliminari.

Era passato un po' di tempo per me. Non avevo intenzione di ripensare a quando ero stata con Tom, lo stronzo, ma potevo fare un paragone. Avevo ottenuto di più dal bacio con Sawyer che in tutto il tempo che ero stata con Tom.

«Mi piace il tuo pickup,» dissi, dando un colpetto al cassone aperto.

«Grazie. Era di mia mamma. L'altro giorno hai detto di esserti trasferita qui dal Colorado,» mi disse lui, facendo conversazione. I jeans gli si tendevano sulle cosce e, dal momento che era così alto, i suoi stivali da lavoro toccavano quasi terra. Non è che fosse lui ad essere così grosso, ero io che mi sentivo così piccola, così femminile seduta accanto a lui.

«Già,» risposi.

Con lui seduto così vicino, era difficile non scrutarlo. I capelli scuri, la linea leggermente storta del suo naso. Le labbra piene che mi ricordavo premute contro le mie. Doveva essersi fatto la barba prima dell'asta perché non ne aveva un solo accenno. La sua mascella squadrata mi distraeva un sacco. Perfino il modo in cui il suo pomo d'Adamo sobbalzava quando deglutiva era attraente.

«o... be', ho seguito un uomo fino a qui. *Quella* storia non è andata bene.»

«Sicura che non sia andata per il meglio?» mi chiese lui.

Non potei fare a meno di accigliarmi mentre mi ricordavo di essermi trovata sulla soglia di casa di Tom per fargli una sorpresa solo per vedermela aprire da un bambino di otto anni che chiamava suo papà. Mi ero resa conto in quel preciso istante di essermi comportata proprio come mia madre. A differenza sua, io non rovinavo le famiglie. Non avevo mai voluto essere *l'altra donna.*

«Ne sono molto sicura,» risposi, accigliandomi.

«Sei finita qui con me. Io direi che ti è andata benissimo.»

Il mio sguardo scattò sul suo e non ebbi idea di come rispondere. Lui si limitò a dare una leccata al suo cono, il che mi fece restare a fissarlo.

«Hai sempre voluto lavorare coi bambini?» Uh? Quel tizio saltava da un argomento all'altro.

Mi concessi un istante, poi mi schiarii la gola. «Sempre. Ho preso la laurea in educazione infantile e mi piace lavorare di più con i più piccoli.» Non riuscii a trattenere un sorriso.

«Ci sai fare.»

Mi sentii scaldare dal suo elogio e mi ravviai timidamente i capelli dietro l'orecchio. «Lo adoro. L'emozione e la curiosità. Sono sempre entusiasti di essere semplicemente... felici.»

«Tu non lo sei?» Piegando la testa di lato, lui mi scrutò. Ero affascinata dal modo in cui il cappello gli rimaneva in testa, come se fosse stato parte di lui.

Feci spallucce. «La vita non è sempre facile.»

Non avevo alcuna intenzione di raccontare a quel tipo tutti i miei problemi. Sarebbe scappato via se avesse saputo quanto fossi stata stupida e quante cose avessi perso. Di sicuro non avevo intenzione di raccontargli i miei guai così che mi aiutasse. Mi servivano solamente un altro paio di stipendi, dopodiché sarei stata in grado di ottenere quel piccolo appartamento efficiente nella quadrifamiliare accanto alla sala da bowling. Mi ero infilata in un casino e me ne sarei tirata fuori. Da sola.

Mi sarei rimessa in piedi dopo essere caduta rovinosamente. No, non era il termine giusto. Ero inciampata e finita faccia a terra sull'asfalto.

Lui annuì, come ad archiviare la mia risposta. «Giusto perché tu lo sappia, questo non è il nostro appuntamento vinto all'asta.»

«No?»

«Non portavo una ragazza qui per un appuntamento da quando avevo sedici anni. Da allora, ho alzato il tiro.»

Immaginai che fosse sulla trentina. Non avevo intenzione di pensare a tutte le donne con cui fosse stato da dopo il liceo. «Non ne dubito.» Mi ripulii la bocca con un fazzolettino di carta, insicura se fosse gelato o bava quella che mi stava colando perché di certo stava invecchiando bene. Potevo solamente immaginare quanti cuori avesse spezzato all'epoca quando aveva avuto un bel visino da ragazzo sbarbato. «Io... um, mi dispiace per averti tirato una ginocchiata.»

Questa volta, quando lo dissi, lo intesi davvero. Era un bravo ragazzo. Mi faceva impazzire, ecco il perché della ginocchiata.

Lui si voltò a guardarmi, la sua coscia che adesso sfiorava la mia. «Capisco perché l'hai fatto. Per quanto le mie palle non siano d'accordo, mi piace che tu ti sia difesa. Facciamo così, per il bene della possibilità futura di fare dei figli, quando hai una domanda... falla. Io ti dirò la verità.»

Dio, se era gentile. E questo faceva più paura ancora della possibilità che fosse stato sposato. Io non comprendevo la gentilezza.

«Okay,» sussurrai. Che altro c'era da dire?

«Immagino ci sia una storia dietro la tua reazione.»

Il gelato divenne amaro sulla mia lingua. «Come ti ho detto, non mi piacciono i traditori. I traditori *sposati*,» chiarii, come se ci fossero stati due livelli differenti di stronzaggine.

Rimanemmo in silenzio per un minuto e Sawyer aveva cominciato a mordere il proprio cono.

«Se prenderci un gelato non è il nostro appuntamento, allora quale lo sarà?» gli chiesi.

Lui mi lanciò un'occhiata per poi salutare con la mano una coppia che stava scendendo dalla propria auto per mettersi in coda.

«Sono sicuro che il reverendo avesse in mente proprio qualcosa del genere. Qualcosa di non vietato ai minori e con dei testimoni.» Indicò con un cenno del capo una famiglia con due bambini piccoli che si metteva in coda.

«Tu no?» gli chiesi, leccando via una goccia di gelato dal bordo del cono.

I suoi occhi scuri seguirono quel movimento e lui si schiarì la gola.

«Mi piace un buon cono, ma mi piace ancora di più il sapore di altre cose che posso leccare con bocca e lingua.»

Porca puttana.

Sganciò quella bomba sexy di porno verbale e tornò a
leccare il suo gelato mordendo piccoli pezzi di cono
zuccherato. Non avevo mai pensato che sarei stata gelosa
di un gelato prima di allora.

Quando mi limitai a fissarlo, lasciando che il mio si
sciogliesse—e la mia figa gocciolasse—lui mi guardò. Era
decisamente buio, adesso, ma per quanto il parcheggio
fosse ben illuminato, il volto di Sawyer era in ombra. Non
potei non notare il suo ghigno lento, il modo in cui fosse
consapevole che quelle sue battute avevano colto nel
segno: la mia figa.

Non avrei dovuto farmi coinvolgere da quel tipo.
Era troppo... tutto. Irene e Sarah Jane concordavano
entrambe. Era anche troppo difficile resistergli. Avrei
dovuto   allontanarlo,   ma   volevo   quella   cosa.
Qualunque cosa fosse. Non ero alla ricerca di un uomo
che assumesse il controllo della mia vita. Che *fosse* la
mia vita. Io volevo solamente fare un po' di sesso col
cowboy più figo della città. C'era qualcosa di male in
quello?

Quando la mia mente e la mia figa giunsero alla
stessa risposta—no—sogghignai. Potevamo giocare in
due a quel gioco ed io ci stavo. Mi stava testando per valu-
tare il mio interesse, per vedere quanto mi sarei spinta in
là in quel primo non-appuntamento. Lui mi voleva. Quel
bacio ne era stato la prova. E quel commento a sfondo
sessuale? Wow.

Stava a me scegliere come far proseguire quella
serata. Avrei potuto cambiare argomento e parlare del

tempo o di qualunque altra cosa che non fosse stato il sesso, ma non era ciò che volevo.

Nell'istante in cui era arrivato al parco giochi l'altro giorno, ne ero stata attratta. L'avevo desiderato. Forse era per quello che ero stata così arrabbiata quando avevo pensato che fosse stato sposato. Mi aveva spaventata a morte l'essermi sentita così, pietrificata all'idea di essere davvero il genere di donna che mi rifiutavo di essere.

Lui non era sposato. A parte la sua parola, in una città piccola come il Bend, non avrebbe potuto salire sul palco e farsi vendere all'asta come scapolo se non lo fosse stato. Non quando era un prete a fare da cavoletto di presentatore. No, Sawyer Manning era single. Era stato interessato a me l'altro giorno ed era interessato a me in quel momento. Perché, dopo che gli avevo tirato una ginocchiata nelle palle, non ne avevo idea.

Quelle sensazioni non erano altro che quello... *sensazioni*.

E l'interesse era *decisamente* reciproco.

«Già, anche a me,» ribattei. «Mi piace leccare solamente la punta, ma poi assicurarmi di far scorrere la lingua su tutto quanto.»

Il suo sguardo scattò nel mio e il suo sorriso svanì del tutto. Si tolse il cappello, si passò una mano sui capelli scuri e se lo rimise in testa. L'avevo decisamente colto di sorpresa e repressi un sorriso.

Lui si schiarì la gola e incurvò un angolo della bocca verso l'alto. «Immagino che tu prenda molto sul serio il modo in cui lecchi il tuo *cono*.»

Io feci spallucce, cercando di far finta di niente, nonostante avrei voluto saltargli addosso. «Cioè, penso sia
importante prestare attenzione a tutto il *cono*,» aggiunsi.
«Così è più piacevole.»

I suoi occhi brillarono di passione. Gli si tese un
nervo nella mascella. Già, non potei non notarlo.

«Non dovremmo parlare solamente del mio cono.»
Accennò col capo nella mia direzione. «E il *tuo* di cono?
Mi piacerebbe fartelo sciogliere perché voglio scoprire
quanto goccioli,» disse, la voce un'ottava più profonda di
prima.

Oh. Mio. Dio. Il mio cono—e non quello che tenevo
in mano—di sicuro stava gocciolando un sacco in quel
momento.

«È importante leccare ovunque,» disse lui, sporgendosi verso di me, la sua voce che si abbassava. «Anche
l'esterno del cono. Per poi affondarci dentro.»

Spalancai la bocca mentre lo fissavo, immaginandomi
il tutto. Mi si contrasse la figa, vogliosa di quelle leccate.

Non ero sicura se fossi stata io ad avvicinarmi o se
l'avesse fatto lui, ma adesso il suo fiato caldo mi colpiva il
collo. «Kelsey, voglio leccare il *tuo* cono. Vedere quanto ti
ho fatta sciogliere e gocciolare. Me lo permetti?»

Io piagnucolai, poi annuii. «E tu?»

«Se dovessi leccarmi il cono adesso, mi scioglierei
troppo in fretta, cazzo. Ti avevo detto prima che l'avresti
saputo quando ti avrei portata a letto. Sta succedendo
adesso. Ho solamente bisogno di sentire le parole che mi
dicono che tu ci vuoi stare, zuccherino.»

Era pronto quanto me. Se non ci fossimo trovati in un parcheggio pieno di adolescenti e famiglie che si concedevano un gelato, gli avrei permesso di prendermi nel retro del suo pickup. Proprio lì. Proprio in quel preciso istante, cazzo.

Mi agitai e dissi, «Sì.»

5

SAWYER

FECI RISALIRE KELSEY nel pickup ad una velocità dettata dal mio cazzo duro e facemmo inversione fuori dal parcheggio pima ancora che potessi elaborare più di *devo entrare dentro Kelsey subito.*

All'incrocio a quattro vie al centro della città, il mio cazzo permise al mio cervello di riflettere per un istante. «Non so nemmeno dove cazzo sto andando,» ammisi. «Il ranch si trova quindici chilometri fuori città.»

Incrociai gli occhi verdi di Kelsey e vi scorsi la passione e la fretta.

«Casa tua?» le chiesi. Speravo che vivesse nei paraggi perché il mio letto era troppo lontano, cazzo.

«Um... l'asilo.»

Io inarcai le sopracciglia. «Scusami?»

Lei indicò a destra. «È a due isolati da quella parte. C'è un letto nella stanza sul retro. Non ci andrà nessuno fino a lunedì.»

Mi aveva convinto a *due isolati*.

Misi la freccia e mi diressi da quella parte parcheggiando in uno dei posti vuoti sul retro dell'edificio. Saltai giù, ma Kelsey non attese che la aiutassi a scendere. Per una volta, a me non fregò un cazzo perché aveva già tirato fuori le chiavi e stava aprendo la porta quando la raggiunsi.

Non allungò una mano verso l'interruttore. Invece, si voltò e le allungò verso di me. Be', non allungò le mani. Più che altro mi si gettò addosso. Io la presi posandole le mani sul culo, le sue gambe che mi si avvolgevano attorno alla vita allacciandosi dietro la mia schiena. Sollevò una mano e mi tolse il cappello.

Io non potei fare a meno di sogghignare della sua voglia.

Era lì che avevo visto Kelsey per la prima volta e che avevo avuto pensieri sconci riguardo a ciò che avrei voluto fare con lei sin dall'inizio, ma non avevo mai, mai pensato di farlo all'asilo.

Era venerdì sera. Oltre l'orario di lavoro. Non c'erano bambini nei paraggi. Avremmo potuto fare tutto ciò che volevamo ed io volevo fare un sacco di cose. Sarebbe stato veloce e brutale. Selvaggio. Me la sarei portata nel mio letto e me la sarei presa comoda con lei. Più tardi.

In quel momento, la baciai come non ci fosse stato un

domani mentre la facevo girare e la premevo contro la parete. Era così fottutamente soffice e calda, il suo dolce profumo che mi riempiva la testa. Sapeva di cioccolato e vaniglia. Non riuscii a trattenere il gemito che mi sfuggì al solo tenerla tra le mie braccia.

«Questo non significa nulla,» mormorò per poi baciarmi ancora un po'.

Io sorrisi mentre mi afferrava la parte frontale dalla camicia e vi si aggrappava.

«Certo,» risposi.

Era così piccola in confronto a me, così femminile. io roteai i fianchi una volta, sfregando la mia erezione dura contro la sua intimità. Lei piegò all'indietro la testa e gemette ed io la baciai lungo la mandibola e il collo. Inalai il suo odore. Leccai il suo sapore dalla sua pelle. Roteai i fianchi di nuovo solo così da poter sentire quei versi sexy da morire che emetteva.

Lei mi portò le mani alla camicia, aprendone i bottoni con uno strattone. Poi le sue mani morbide mi scorsero sul petto e, quando un'unghia mi sfiorò leggermente un capezzolo, fu la fine. Ero troppo perso per lei.

«Dov'è il letto?» praticamente ringhiai. La sua bocca era affondata nel mio collo ed io avevo la sensazione che mi sarebbe rimasto un succhiotto prima che avessimo finito.

Lei non smise di succhiare e leccare mentre allungava un braccio e indicava.

Io ci feci voltare e avanzai a grandi passi fino alla stanza sul retro. Il bagliore dei lampioni in strada ci raggiungeva abbastanza da permetterci di vedere, ma io non avevo intenzione di accendere nessuna luce sul soffitto perché la scuola non aveva delle tende. Volevo Kelsey tutta per me. Non avevo intenzione di dare spettacolo a nessun passante.

Prima di poter raggiungere il piccolo lettino in un angolo, lei me lo strinse attraverso i jeans ed io cambiai direzione. La parete era più vicina e la sua mano era sul mio cazzo. *Sul. Mio. Cazzo.*

«È tutta roba tua?» mi chiese.

«Il mio cazzo? Sì, è tutta roba mia.» Solamente la pressione di quelle dita mi portò a un passo dall'orgasmo. «Cazzo.» Non me la facevo con una donna da un sacco di tempo. Non ero così perso, così fuori di testa dalla voglia di infilarmi in una figa calda. Kelsey mi stava facendo perdere il senno ed io lo adoravo, cazzo.

La misi in piedi, così che fosse appoggiata alla parete. Quando seppi che non sarebbe caduta o si sarebbe accasciata a terra, mi lasciai cadere in ginocchio e le tolsi rapidamente i jeans, spingendoglieli lungo i fianchi assieme alle mutandine.

Il tessuto le si arrotolò attorno alle cosce ed io non attesi un secondo di più. Non avevo mentito quando avevo detto di avere voglia di leccargliela. Che mi piacesse farle passare la lingua sulla punta per poi metterle tutta la bocca attorno. Per cui feci proprio così.

«Non significa ancora nulla?» le chiesi, leccandomi le labbra.

«Sawyer!» urlò lei. Come pensavo. Era presa quanto me.

Di sicuro non avrebbe partecipato all'asta se non avesse provato nulla, cazzo. Se io non avessi significato nulla. Era più gentile di quanto pensassi. Provava più di quanto non condividesse. Non poteva nascondermelo. Ma non avevo intenzione di dirglielo in quel momento.

Cazzo, no. A quel punto mi ritrassi, sollevai lo sguardo su di lei alla luce fioca e sogghignai. Mi leccai le labbra.

«Adoro il tuo corpo.» L'odore della sua figa mi stava facendo impazzire. Avevo il suo sapore sulla lingua, dolce come lo zucchero. La perfezione. «Questa figa è mia.»

«Allora perché ti sei fermato?»

«Voglio solamente sentirti chiamare il mio nome. O Dio. Altrimenti, parli troppo.»

«Se sto parlando troppo, allora non stai facendo le cose nel modo giusto.»

Io sollevai lo sguardo su di lei assottigliando gli occhi.

Lei sembrava tanto eccitata quanto compiaciuta. Per quanto a quel punto l'avrei fatta venire come se fosse stato il mio fottuto lavoro, avevo anche intenzione di levarle quell'espressione dal viso.

«Sfida accettata, cazzo, zuccherino.»

Lei non rispose, si limitò ad intrecciare le dita tra i miei capelli e mi spinse nuovamente la faccia sulla sua figa. Io sogghignai per un istante prima di tornare all'opera, leccando ed esplorando ogni singolo centimetro di lei.

Lei mosse i fianchi e si dimenò impaziente perché i jeans la ostacolavano. Io mi ritrassi e glieli sfilai. Kelsey mi aiutò togliendosi i sandali per poi calciare via il denim e il pizzo.

Non ero sicuro di chi fosse più voglioso, io o lei. Kelsey aprì sfacciatamente le gambe. Cazzo, sì. Non era timida nei confronti della propria sessualità. Sapeva cosa voleva, cioè la mia testa tra le sue cosce.

Era un bene, perché era esattamente ciò che volevo anch'io.

«Mi verrai in bocca, dopodiché mi verrai sul cazzo.»

«Promesse, promesse.»

Aveva ragione. Non lo stavo facendo nel modo giusto se stava ancora parlando. Volevo che urlasse e che si dimenticasse il proprio nome. Avrei fatto in modo che succedesse. Il cazzo mi pulsava nei pantaloni, ma ci sarebbe rimasto dentro fino a quando non avessi fatto venire lei, altrimenti l'avrei stesa sulla schiena e sarei affondato in lei fino alle palle prima ancora che riuscisse a dire "preservativo".

Per quanto adorassi mia nipote, non ero pronto ad avere dei figli miei. Trovarmi in un cazzo di asilo mi ricordava bene che, una volta che fosse arrivato il momento di scopare, dovevamo proteggerci entrambi. Come aveva detto lei, quella era una storiella. Una scopata selvaggia. No?

Sebbene, visto ciò che provavo per Kelsey in quel momento, una volta non mi sarebbe bastata. Affatto.

Avevo chiuso col riscaldarla. Avevo chiuso con l'assicurarmi che fosse presa quanto me. Sarebbe venuta. Subito. Le infilai dentro due dita e seppi di aver trovato il suo punto G quando lei urlò e agitò i fianchi. Sfregai quel piccolo punto spugnoso, lo premetti e lei si impennò. Poi sfregai il suo clitoride gonfio con la punta della lingua e scoprii che il lato sinistro di quella piccola perla la faceva impazzire. Arricciai il dito e feci girare in cerchio la lingua e lei venne. I suoi muscoli interni si contrassero e la sua umidità mi ricoprì le dita. Mi sentivo come una fottuta rockstar. Avevo soddisfatto quella donna, le avevo dato piacere al punto che le sue ginocchia si piegarono e dovetti usare la mia mano libera per stringerle un fianco e tenerla in piedi. Aveva gli occhi chiusi, il mento rivolto al soffitto. Ed era zitta, cazzo.

Era stupenda quando veniva. Ed io volevo di nuovo vedere quell'espressione. Volevo farle perdere il controllo. Arrendersi a me proprio in quel modo. Non solamente quella volta. Non solamente quando le avessi affondato il cazzo dentro. Più e più volte per un sacco di tempo, cazzo. Avrei pensato più tardi al perché ciò avrebbe potuto essere un problema.

Eppure, l'idea che potesse allontanarsi da me e che qualche altro uomo l'avrebbe vista così... Ringhiai al pensiero. Non esisteva che chiunque altro potesse soddisfarla come me.

Mi alzai da terra e la presi in braccio, portandola al letto. Era fottutamente piccolo, forse un singolo o una di quelle brandine da dormitorio.

Io ero troppo grosso per quell'affare. Lo ero stato al

college e lo ero ora. Misi Kelsey in piedi, mi tolsi il portafoglio dalla tasca posteriore e lo lasciai cadere sul letto
fatto. Poi mi slacciai i pantaloni e me li abbassai solamente quel tanto che bastava per liberarmi il cazzo.
Sospirai di sollievo. Kelsey inalò bruscamente, il che mi
fece sogghignare mentre mi sedevo sul bordo del letto.

Lei rimase in piedi di fronte a me, mezza nuda. La sua
figa, con quei fottuti riccioli rossi, era proprio davanti al
mio viso. Volevo vedere anche le sue tette, ma ero troppo
perso. Avevo il suo sapore in bocca, il suo odore sulle
labbra e il mento. Le mie palle erano troppo piene. Era
troppo sexy.

Tirai fuori un preservativo. Nello stesso istante,
Kelsey si buttò in ginocchio e mi prese nella sua piccola
mano, sebbene le sue dita non riuscirono a stringersi
attorno a tutta l'erezione.

Io impennai i fianchi.

Mi immobilizzai, fissandola. I suoi capelli selvaggi, la
sua espressione post-orgasmo.

«Porca puttana,» mormorai.

Era tra le mie ginocchia aperte, il mio cazzo in mano.
Dalla punta colava liquido preseminale come da un rubi-
netto e il suo fiato caldo ci soffiava sopra. Quando si
sporse e fu sul punto di posare la bocca su di me come se
fossi stato un fottuto cono gelato, io la afferrai per le
braccia e la tirai su.

Lei spalancò gli occhi sorpresa e sembrò perfino
delusa. «Cosa--»

«Merda, zuccherino, è la cosa più eccitante che abbia

mai visto, ma se mi metti la bocca addosso, questa cosa finirà prima ancora di cominciare.»

Lei mi guardò mentre mi infilavo il preservativo per poi lanciarle un'occhiata. «Salta su, zuccherino. Fatti una cavalcata.»

Lei mi scrutò per un istante, respirando in piccoli ansiti eccitati. «Sei proprio un cowboy.»

«Dovrei dire invece qualcosa riguardo la mia grossa pompa?»

Lei arricciò il naso. «No, no.» Mi posò le mani sulle spalle per tenersi in equilibrio mentre poggiava un ginocchio sul letto accanto al mio fianco e poi l'altro. Io le presi la vita per sorreggerla e la aiutai a sollevarsi. Mi afferrai il cazzo e lei si agitò fino a quando non mi fui insinuato contro la sua apertura.

Strinsi i denti nel sentirla così calda, nonostante le stessi scivolando dentro solamente con la punta.

«Oh cazzo,» dissi mentre si calava su di me.

Solo quando mi fu seduta sulle cosce si fermò.

Incrociò il mio sguardo. Lo sostenne.

I suoi muscoli interni si contrassero attorno a me e mi si strinsero i testicoli.

Quella donna. Porca di quella puttana. Era incredibile. Eccitante. Dolce. Selvaggia. Così fottutamente perfetta.

Lei cominciò a sollevarsi, ma lo fece in maniera goffa. Non aveva molto spazio su cui far leva in quel lettino, per cui assunsi io il comando, sollevandola e abbassandola senza sforzo su di me.

Me la scopai, spingendo i fianchi verso l'alto ogni volta che la attiravo verso il basso.

La lasciai andare il tempo necessario a sollevarle la maglia e lei la afferrò togliendosela. Io mi attaccati al suo capezzolo da sopra il tessuto sottile del reggiseno, per poi abbassare il pizzo della coppa per arrivare alla sua pelle nuda.

Succhiai quella punta rosa mentre mi arrendevo. Non avevo più il controllo. Ce l'aveva il mio cazzo. Il mio bisogno di quella donna. Era così intenso. Così... fuori controllo.

«Kelsey,» mormorai.

I nostri respiri erano affannati, il rumore bagnato della scopata che riempiva la stanza. Lo schiocco delle sue cosce contro le mie. I suoi gemiti.

«Sei bellissima, cazzo,» sussurrai contro la sua tetta che sobbalzava.

«Sawyer, oh mio Dio.»

Già, il mio nome e Dio. Ottimo lavoro.

I suoi muscoli interni cominciarono a spremermi e a contrarsi attorno a me. Ci era vicina ed io le afferrai un fianco, la feci ondeggiare in avanti così che il suo clitoride mi sfregasse addosso.

Lei venne nel giro di pochi secondi, grazie al cielo. Per quanto fossi un amante generoso e mi fossi assicurato che fosse venuta per prima, non una, ma due volte, non potevo più trattenermi.

Ero troppo perso. Mi facevano male le palle dalla voglia di svuotarle. Il mio cazzo si gonfiò, le mie dita si strinsero sui suoi fianchi. Mi spinsi a fondo, la tenni ferma e schizzai nel preservativo. Mi lasciai andare e mi gustai il miglior orgasmo della mia vita.

Non ero sicuro di quanto a lungo la strinsi o di quanto a lungo la mia fronte rimase appoggiata tra i suoi seni. Lei non stava dicendo una parola.

Io ero così sazio, così soddisfatto che non avevo finito. Quella non era una sveltina.

Be', lo era stata, così fottutamente eccitante e perfetta. Ma non avevo finito con Kelsey. Affatto, mi resi conto in un momento di lucidità, se mai sarebbe successo.

———

KELSEY

«Vieni al ranch domani. Voglio rivederti.»

La mano di Sawyer era posata sulla mia coscia. Ce l'aveva messa dopo aver acceso il suo pickup e non l'aveva più spostata. Stavamo giusto svoltando nel parcheggio del centro sociale. Non ci eravamo detti molto da quando... da quando mi aveva zittita con una scopata.

Indicai la mia auto. Era l'unica rimasta nel parcheggio.

Lanciai un'occhiata a Sawyer, al tipo che mi aveva appena fatto vedere le stelle. Il suo cappello era sui sedili in mezzo a noi. Le luci esterne dell'edificio erano tutto ciò che lo illuminava, ma io riuscivo a vedere che aveva i capelli corti tutti scompigliati. Tutto per via delle mie dita. Dovetti chiedermi se avesse delle chiazze pelate perché, quando me l'aveva divorata, li avevo strattonati piuttosto con forza.

Per fortuna, probabilmente non riusciva a vedere il rossore sulle mie guance al solo pensiero di ciò che avevamo fatto. Dio, era stato eccitante. Avevo la figa un tantino indolenzita per via di tutto quell'esercizio. Ero venuta due volte. *Due.*

Ero rilassata e soddisfatta. Appagata.

Conoscevo a malapena quel tipo e, a parte il fatto che fosse bravissimo a darmi fastidio—e a farmi venire—mi sentivo al sicuro con lui.

Era una cosa po' folle. Un po' spaventosa.

«Davvero?» chiesi. «Non devi. Cioè, paghi tu per il tuo appuntamento, per cui direi che siamo a posto.»

Lui si accigliò e assottigliò lo sguardo. «Non ti ho scopata per ripagarmi.»

Oh merda. Avevo detto una stronzata. Lui ritrasse la mano, ma io gliela afferrai. «Lo so, non intendevo in quel senso. Cioè... è stata una storiella. Va bene.»

«No. Non è stata una storiella. È stato un riscaldamento. Voglio quell'appuntamento che mi devi.»

«Ti *devo*?» Gli lasciai andare la mano, ma toccò a lui riprendermela.

Io risi.

«Un appuntamento, sì.» Il suo pollice mi accarezzò il polso, cosa che mi fece scorrere piccole scintille di calore in corpo. Il modo in cui mi guardava indicava che era serio. Voleva uscire con me.

«Non mi piace essere in debito nei confronti di un uomo,» ammisi.

«In debito? È un appuntamento, zuccherino,» replicò con naturalezza lui.

«È solo che l'ultimo tipo diceva e faceva le stesse cose.»

«Io non sono il tuo ex.»

«D'accordo.» Mi arresi. *Volevo* rivederlo. Volevo più di ciò che avevamo fatto all'asilo.

Lui si sporse verso di me, allungò una mano e mi ravviò i capelli. «D'accordo,» ripeté, questa volta in un morbido sussurro che mi fece perdere la testa. Non stavamo più discutendo ed io non ero esattamente certa del motivo per cui l'avessimo mai fatto. «Vieni al ranch domani. Puoi farti un'altra cavalcata.»

Io lo fissai a bocca spalancata e lui sogghignò.

«A cavallo, questa volta.» Mi fece l'occhiolino. «E dopo, se vorrai di nuovo fare la cowgirl con me, a me starà più che bene. In un vero letto, però,» aggiunse.

Era stato piuttosto creativo nella stanza sul retro dell'asilo, per cui mi chiesi cos'avrebbe potuto farmi Sawyer Manning se gli si fosse dato spazio e un letto morbido.

«Okay,» sussurrai. Volevo rivederlo. Davvero. Ero solamente un tantino sconvolta perché provavo qualcosa per lui e non solo con la figa.

Gli avevo detto che quella cosa non significava nulla.

Be', non era così, ed era quello il problema. Una storiella era una cosa. Facile. Divertente. Nessun legame. Quello, però, in qualche modo ero finita a legarmi in più di un modo senza nemmeno provarci. Merda.

«Domani, allora. Passerò a prenderti.»

Le sue parole furono come una secchiata d'acqua gelida per me. Spazzarono via l'annebbiamento post-orgasmo e mi fecero tornare alla realtà. Nonostante dormissi all'asilo, nel letto sul quale avevamo appena fatto sesso, lui non lo sapeva. Ed io non avevo intenzione di dirglielo. Non potevo. Non avrei fatto affidamento su uno come lui, uno che sembrava troppo bello per essere vero. Avevo imparato con le cattive che spesso non lo erano.

Sawyer Manning era un bravo ragazzo. Sexy. Creativo. Premuroso. Un gentiluomo. Il che significava che dovevo stare attenta. Molto attenta perché sarebbe stato facile innamorarmi di lui. Cavolo, ero già un po' innamorata del suo cazzo.

«No,» dissi.

Il suo sguardo passò da impaziente a guardingo. «No?»

Io sbattei le palpebre per poi rivolgergli un rapido sorriso. «Cioè, sì per domani. Non devi passare a prendermi, però. Verrò io con la mia auto,» risposi.

Lui rilassò le spalle e mi sentii bene nel vedere che era sollevato dal fatto che gli avessi detto di sì. Anche lui lo voleva.

«Mi sono divertita questa sera,» dissi. L'abitacolo del

suo pickup era come un bozzolo, una piccola bolla al di
fuori del mondo esterno. Una volta che avessi aperto la
portiera, tutti miei problemi sarebbero tornati.

«Solamente divertita?» mi chiese lui, appoggiando la
fronte alla mia. La sua grossa mano mi passò dietro la
nuca. Il calore del suo tocco mi si diffuse dentro.

Dio, la sensazione di lui, della sua forza. La sua... soli-
dità mi faceva venire voglia di tornargli in braccio e
semplicemente starci.

Sbuffai una piccola risata. «Solamente divertita,»
risposi per stuzzicarlo. Quella volta senza alcuna della
rabbia o frustrazione che provavo di solito quando apriva
la bocca.

Lui ringhiò e mi diede un rapido bacio. «Dammi il tuo
cellulare prima che ti dimostri come si fa più che
divertirsi.»

Io sbattei le palpebre e tirai fuori il telefono dalla
borsa, porgendoglielo.

Lui vi fece scorrere sopra i pollici ed io sentii uno
squillo provenire dal taschino della sua camicia. Mi
ridiede il cellulare. «Ti manderò un messaggio con le
indicazioni. Vieni dopo pranzo.»

Io aprii la portiera e gli lanciai un'occhiata da sopra la
spalla. «Domani,» dissi, tanto come saluto quanto come
promessa.

Lui annuì.

Andai alla mia auto e ci salii. Guardando nello spec-
chietto retrovisore, notai che non se n'era andato e mi resi
conto che stava aspettando me.

Avviai l'auto e feci retromarcia uscendo dal parcheggio per poi rivolgergli un piccolo cenno di saluto con la mano. Durante il viaggio di ritorno all'asilo, naufragai tra i pensieri di Sawyer Manning. Le sue mani. La sua bocca. Il suo corpo robusto.

La sua scrupolosità. Non potei fare a meno di sorridere.

Accostai nel parcheggio sul retro dell'edificio che aveva usato Sawyer prima e scesi dall'auto.

«Hai dimenticato qualcosa?»

Io repressi un urlo e mi posai una mano sul petto mentre voltavo di scatto la testa. Ecco lì Sawyer nel suo pickup, col finestrino abbassato. «Cavoletti di Bruxelles, mi hai spaventata.»

«Ti stavo seguendo fino a casa. Volevo assicurarmi che ci arrivassi senza problemi. Ti sei dimenticata qualcosa?» mi chiese, indicando con un cenno del capo l'edificio.

Oh merda. Non potevo dirglielo. Sarei morta dentro sé l'avesse saputo. Però aveva detto di odiare i bugiardi «Io... io--» Dovevo pensare a qualcosa e in fretta. «Ho dimenticato il mio stipendio. Volevo prendere l'assegno così da poterlo depositare in banca domani mattina.»

Lui annuì brevemente, comprensivo.

«Grazie per avermi seguita, ma me la cavo da qui. Ci vediamo domani.» Non attesi che dicesse altro, mi limitai a girarmi e ad aprire la porta, salutandolo con un cenno della mano da sopra la spalla ed entrando. Girai il chiavistello e mi appoggiai alla parete, nello stesso punto in cui lui mi aveva baciata come se non ci fosse stato un domani solamente poco tempo prima. Praticamente trattenni il fiato mentre aspettavo che si allontanasse. Lui lo fece pochi secondi dopo.

Sospirai e mi resi conto che stavo tremando. Una cosa era nascondere il fatto che vivessi nella stanza sul retro dell'asilo a Sarah Jane o chiunque altro in città. Me ne sarei andata presto e sarebbe stato come se non fosse mai successo. Avevo pensato che non sarebbe stato chissà che cosa anche con Sawyer. Ma dopo poche ore assieme, lui mi aveva fatto provare delle cose. Cose *nuove* che non riuscivo a comprendere, ma che mi piacevano. Un sacco. Volevo rivederlo al suo ranch l'indomani. Volevo stare con lui. Volevo conoscerlo e non solo nudi. Lui non si era nemmeno spogliato, prima, e ora che ci pensavo, era stato un vero peccato.

Non mi piacciono i bugiardi, aveva detto Sawyer.

Mi si contorse lo stomaco dal terrore. Io gli avevo appena mentito. Non una bugia piccola, ma una bella grossa. Mi ero innamorata di Tom, lo stronzo sposato. Per quanto Tom non avesse avuto nulla a che fare con la pessima coinquilina ladra che mi ero trovata, stavo ancora pagando il prezzo di averlo seguito nel Montana. Avevo passato tutta la mia vita a cercare di non assomigliare per nulla a mia madre e poi, senza nemmeno essermene resa conto, avevo fatto le stesse cose stupide che aveva fatto lei. Mi ero allontanata da una vita nel Colorado—un appartamento, un lavoro—per un uomo. Per poi finire col culo per terra. Diamine!

Andai all'armadio e presi il mio astuccio, portandolo nel bagno con il minuscolo water e il lavandino. Chinandomi, mi guardai allo specchio. Sfregai le dita su un piccolo segno rosso sul collo e mi ricordai la sensazione delle sue labbra. Non era un vero e proprio succhiotto, ma mi aveva marchiata. Mi si contrasse la figa al ricordo di quanto avesse avuto il controllo. Come mi avesse fatto effettivamente dimenticare tutto a parte il suo nome.

Mi stavo innamorando del sesso? Ero proprio come mia madre con Sawyer, che finivo a letto senza nemmeno un appuntamento? Potevo fare sesso, una storiella di una notte, e fare in modo che non diventasse altro. Non fosse che io *volevo* altro. Era il fatto che volessi tornare ancora da lui che mi preoccupava.

Sawyer era un ragazzo splendido. Dio, un ragazzo *davvero* splendido. Lo pensavo perché ero disperata? Non potevo permettere a qualcuno di grande e grosso di salvarmi perché non potevo dipendere da qualcuno. Non potevo aspettarmi che un uomo ci sarebbe stato per me, che si sarebbe occupato di me nel modo *giusto*.

Lui non era affatto come Tom. Non era affatto come la scia di uomini con cui era stata mia madre. Ma se mi fossi affidata a Sawyer Manning, non sarei stata affatto diversa da mia madre, dimostrando di non essere in grado di cavarmela da sola.

Risi di me stessa nello specchio per bambini. Stavo facendo un pessimo lavoro nel provare il contrario.

6

*K*ELSEY

POTEVO ESSERE STATA UN PO' dura con me stessa la sera prima chiedendomi se avrei anche solo dovuto andare al ranch di Sawyer, ma quando avevo scoperto che mi aveva mandato un messaggio quando ero nella doccia al centro sociale, mi ero sentita come una liceale alla sua prima cotta.

Non ero stata in grado di trattenere il sorriso felice che mi si era aperto in volto quando mi ero vestita. O il modo in cui mi si erano induriti i capezzoli al pensiero di stare di nuovo con lui. Avevo ignorato ogni dubbio nella mia mente, forse perfino qualcuno di quelli più furbi. Non ero stata in grado di dire di no al suo invito. Volevo stare con lui.

Mi aveva mandato delle indicazioni dal momento che aveva detto di trovarsi troppo fuori città perché il navigatore del mio cellulare potesse trovarlo. Mentre parcheggiavo di fronte alla bellissima casa del ranch e scendevo dall'auto, mi resi conto che Sawyer Manning aveva più che non solo un sorriso sexy. Irene aveva detto che i fratelli Manning erano tutti ricchi e bellissimi. Io avevo conosciuto solamente Sawyer ed ero d'accordo con lei sul suo aspetto fisico. Il pickup che guidava non aveva fornito indicazioni circa il fatto che fosse ricco. Aveva almeno trentacinque anni e nessuna caratteristica tipo finestrini elettrici o sedili riscaldati sebbene fosse sistemato e immacolato.

Quella casa, però. Non era appariscente né una villa come quelle vicino alle località sciistiche. Però era grossa ed era chiaramente lì da diverso tempo. Mi guardai attorno, osservando il panorama mozzafiato, la prateria che si estendeva a perdita d'occhio. Solamente pochi edifici costellavano i terreni, ma avevo la sensazione che facessero parte del ranch dei Manning e non fossero dei vicini. C'erano soldi, lì. Solo che non riuscivo ad immaginare perché Delilah, con i suoi tacchi alti e i jeans firmati, avrebbe dovuto voler vivere così lontano. Il marciapiede più vicino era a quindici chilometri di distanza. Però non avrebbe dovuto sorprendermi tanto perché mia madre aveva dato abbastanza importanza ai soldi da vivere su uno yacht per tre mesi con il Tipo Numero Quattro quando le veniva il mal di mare anche solo a guardare un materasso ad acqua.

«Ciao, Kelsey.»

Mi voltai nel sentire la voce di una donna. Era in piedi in veranda, ad asciugarsi le mani su un grembiule. «Signorina Alice. Salve.»

«Abbassati!» La voce profonda proveniva dalle sue spalle. Comparve un uomo con Claire sulle spalle. Lei si chinò così che riuscissero a passare oltre lo stipite.

«Kelsey!» squittì la bimba per poi dimenarsi abbastanza da farsi mettere a terra. Corse giù per i gradini e mi abbracciò una gamba.

Io non potei non sorridere della sua esuberanza.

«Piano, piccola. Non farla cadere.»

Doveva essere uno dei fratelli di Sawyer sebbene l'unica somiglianza fosse nella sua stazza. Quell'uomo aveva i capelli biondi e il viso più esile. Indossava dei jeans e una camicia da poliziotto. Aveva una pistola sul fianco.

«Sono Huck Manning. Chiaramente conosci Claire.» Quando incrociò il mio sguardo, mi resi conto che aveva gli stessi occhi di Sawyer.

Accarezzai i capelli biondi della bambina e annuii.

«Ho sentito dire che hai comprato mio fratello ieri sera.» Sogghignò e riuscii a comprendere perché Irene pensasse che i fratelli Manning fossero *tutti* bellissimi. Se non avessi conosciuto Sawyer, mi sarei innamorata di Huck. Ma non l'avevo fatto. Huck era sexy, non c'era dubbio, ma c'era qualcosa in Sawyer che mi prendeva.

Non potei fare a meno di arrossire e abbassai lo sguardo su Claire.

«Perché invece non hai comprato Papà?» mi chiese lei, sollevando lo sguardo su di me con una dolce onestà.

«Claire,» disse Alice.

Lei si voltò a guardarla e i suoi piccoli riccioli rimbalzarono. «Che c'è? Sarebbe un'ottima mamma.»

Huck si passò una mano sulla nuca in palese imbarazzo e Alice trasse un brusco respiro.

Io ero abituata ai bambini senza filtri e non potei fare a meno di ridere.

«Claire Manning,» sussurrò Alice sebbene Claire non sembrasse minimamente mortificata. Avevo la sensazione che desiderasse davvero una madre.

«E poi, penso che Seesaw avrebbe da ridire al riguardo,» disse Huck, scendendo per raggiungerci. Per quanto stesse sorridendo, mi lanciò una rapida occhiata mortificata prima di afferrare Claire e gettarsela in spalla. In stile pompiere, proprio come aveva fatto Sawyer con me la sera prima. Lei ridacchiò e si dimenò mentre lui la riportava in veranda e la rimetteva in piedi di fronte a sé, posandole le mani sulle spalle così che non scappasse di nuovo.

Sentii dei passi alle mie spalle. «Su cos'è che avrei da ridire?»

Non dovetti voltarmi per sapere che si trattava di Sawyer. I miei capezzoli si erano induriti all'istante a quella voce. Quando mi girai, stava avanzando verso di me sorridendo. Stava bene con dei jeans e una camicia azzurra che si abbinava al colore dei suoi occhi. Aveva il cappello basso sulla fronte e a giudicare dal modo in cui mi stava guardando... il petto, seppi che la mia maglia non stava nascondendo la mia reazione.

«Ciao, Seesaw!» esclamò Claire.

«Non puoi avere Kelsey,» le disse Sawyer, facendomi passare un braccio attorno alle spalle. «La vuole Seesaw. Anche tuo papà è stato comprato ieri sera.»

Claire si raggelò, spalancando occhi e bocca. Lentamente, si voltò per sollevare lo sguardo su di lui. «Davvero? Diventerà la mia mamma?»

«Ci sto lavorando, piccola.» La ricondusse in casa e ci offrì un piccolo cenno di saluto con la mano da sopra la spalla mentre se ne andavano. Non ero sicura di cosa significasse, ma non pareva che l'avremmo scoperto subito.

Alice mi rivolse un altro sorriso e annuì. «È stato un piacere vederti.»

«Anche per me,» risposi, poi lei si voltò e seguì gli altri in casa.

Sawyer si girò e mi fece sollevare il mento con un dito. I suoi occhi mi scorsero in volto e si posarono sulle mie labbra. Poi mi baciò. Rapido e delicato. Mi venne la pelle d'oca nonostante i ventisette gradi fuori.

«Seesaw?» chiesi quando lui sollevò la testa.

«Claire non riusciva a dire Sawyer e mi è rimasto. Forza.»

Mi prese per mano e mi condusse lontano dalla casa e lungo il vialetto sterrato. «Dove stiamo andando?»

«A casa mia.»

Io mi accigliai e mi guardai attorno. Non c'era il suo pickup. «Sono venuta nel posto sbagliato?»

«Non ha importanza.» Alzò il mento ed indicò di fronte a noi. «Quella era la casa principale in cui sono cresciuto. Adesso ci vivono Huck e Claire con Alice.»

«Tua mamma?» Sollevai lo sguardo su di lui mentre camminavamo fianco a fianco.

Lui mi strinse le dita ed io percepii i calli provocati dal duro lavoro. «No, i nostri genitori non ci sono più da molto tempo, ormai.»

«Io... mi dispiace.» Non potevo immaginare cosa fosse successo, ma lui e i suoi fratelli dovevano essere stati molto giovani.

Lui mi rivolse un piccolo sorriso in risposta. «Alice si definisce la governante dei Manning, sebbene sia molto più di questo. È qui da prima che io nascessi.»

Avevo incontrato quella donna diverse volte all'entrata e all'uscita dall'asilo. Avevo sempre immaginato che fosse stata la nonna di Claire. Una cosa che avevo fatto con i Manning era stata presumere un sacco di cose. Speravo che quella volta con Sawyer avrei rimediato.

Salimmo in cima ad un piccolo pendio e comparve casa sua. Non era grossa come quella principale, ma era fatta di legno e pietra di fiume, con un garage a due posti su un lato. Aveva una veranda che la circondava su tre lati, con una vista magnifica dappertutto. Era bellissima e impressionante. Proprio come l'uomo che l'aveva costruita.

«Wow. È davvero magnifica, Sawyer,» dissi.

Lui fissò casa sua con un'espressione strana. Di soddi-
sfazione, forse. Decisamente con orgoglio. Entrambi
erano comprensivi. «Ho cominciato a costruirla al
college, venendo a casa d'estate per lavorarci.»

«L'hai costruita tu?» domandai, fissandola incredula.
Quell'uomo aveva un sacco di qualità. Era un gran lavora-
tore. Si prendeva cura della sua famiglia. Era un impie-
gato statale che lavorava per la propria comunità.

Lui fece spallucce come se costruire una *casa* non
fosse stata una grande impresa. «Mi hanno aiutato.
Quando mi sono laureato, sono tornato qui e ho cominciato a lavorare per i vigili del fuoco. Non me ne sono più
andato.»

«Non volevi restare insieme agli altri nell'altra casa?»

«Il mio bis-bisnonno si era costruito una proprietà
colonica qui.» Agitò una mano per indicare i vasti terreni
di fronte a noi. «Tutto ciò che vedi è terra dei Manning.»

Non pensavo che lo stesse dicendo per vantarsi, ma
per dimostrare perché vivesse lì. Perché fosse importante
per lui.

«La parte più vecchia della casa principale è quella
che ha costruito lui. Poi da allora le varie generazioni vi
hanno aggiunto qualcosa. Ho sempre saputo che avrei
vissuto su questi terreni. Ma avevo bisogno di un posto
tutto mio. Qualcosa di mia proprietà. Thatcher, che non
hai ancora conosciuto, ha convertito quello che in origine
era il fienile.» Indicò a sinistra in direzione di un edificio
bianco in lontananza. Non riuscivo ad immaginarmi una
famiglia unita come quella, che voleva vivere vicina, sui

terreni che erano appartenuti alla loro stirpe per decenni e che vi sarebbero appartenuti per generazioni a venire. Il panorama era spettacolare, ma vuoto.

«La stazione dei vigili del fuoco è ben lontana da qui. E se ci fosse un incendio?»

«Il dipartimento unisce pompieri pagati a pompieri volontari. Io, in quanto capo, vengo pagato, per cui lavoro secondo orari stabiliti. Combatto gli incendi, ma mi occupo anche dell'amministrazione. Della fastidiosa burocrazia. Alle volte sono in reperibilità e quindi rimango in stazione, ma altrimenti, come adesso, non sono in servizio.»

————

SAWYER

NON AVEVO idea del motivo per cui la reazione di Kelsey nel vedere il ranch fosse di tanto vitale importanza. Ero stato impaziente di vederla. Così come il mio cazzo. Ogni volta che pensavo a lei, mi veniva duro. Il che significava che ero stato in grado di battere dei chiodi con la mia erezione sin da quando l'avevo salutata la sera prima. Non riuscivo a credere a come si fosse sciolta diventando... cazzo, perfetta tra le mie braccia. Non avevo idea del perché fosse diverso con lei. Fato. Sorte. Destino. Qualunque fosse la parola, non me ne fregava niente di come si dicesse, ma volevo Kelsey.

Io non portavo le donne al ranch. Avevo imparato la lezione con Tina. Non volevo che nessuna donna desiderasse la proprietà dei Manning più di me. Volevo che la donna che mi sarei sposato si fosse innamorata dei terreni. Quello era importante perché io di certo non mi sarei trasferito e lei mi avrebbe aiutato a plasmare il futuro della proprietà. Mi avrebbe dato dei figli che avrebbero preso il posto mio e dei miei fratelli.

Eppure non mi era più interessata nessuna donna dopo Tina da anche solo prendere in considerazione l'idea di farla venire al ranch. Io scopavo. Non ero un monaco, ma non lo facevo mai lì. Uscivo, ma di nuovo, non lì. Ecco perché Alice mi aveva messo all'asta come scapolo. Non avevo più portato una donna lì. Non una con cui facessi sul serio.

Fino a quel momento.

Non ci avevo nemmeno pensato la sera prima quando avevo invitato Kelsey. Avevo pronunciato quelle parole prima ancora di rifletterci. Le avevo intese davvero. Non avevo voluto rimangiarmele.

Vedere Kelsey di fronte alla casa principale con Claire che la abbracciava mi aveva fatto pensare a più che non solo renderla mia. Per la prima volta nella mia vita, avevo pensato ad abbandonare i preservativi e a metterla incinta, vederla gonfiarsi col figlio che avremmo creato. Mi immaginavo una bellissima bimba dai capelli rossi che correva in giro, sebbene solo dopo che avessimo fatto un paio di maschi che potessero tenerla d'occhio, prima.

Ero pazzo? Cazzo, sì, perché avevo pensato a dei figli

solamente come una cosa futura. Perfino la sera prima all'asilo. Ora non più. Ero pronto, ormai. Huck e Thatcher avrebbero pensato che fossi un morto di figa. Non me ne fregava un cazzo.

La condussi lontano da casa mia, senza lasciarle andare la mano, portandola verso le stalle.

Lei si guardò alle spalle. «Non vuoi farmi fare un giro?»

«Se entrassimo, l'unico giro che ti farei fare sarebbe quello nel mio letto, per cui penso sia più sicuro stare alla larga.»

Avevo una volontà di ferro, ma non quando si trattava di lei, specialmente se si fosse tolta i vestiti.

Lei rallentò ed io accorciai il mio passo lungo per starle accanto. Sollevò lo sguardo su di me attraverso quelle ciglia rosse con le guance rosate. «Più sicuro?»

Io scrutai i suoi jeans e la sua canottiera. Le scarpe da ginnastica. L'accenno di trucco che aveva in viso. Quella matassa di capelli rossi raccolti in una coda. Il suo abbigliamento non era minimamente attraente. Non c'era un solo accenno di decolleté in vista. Aveva solamente le braccia scoperte, ma dal momento che sapevo che aspetto avesse nuda, avrebbe potuto indossare un sacco di tela e l'avrei comunque trovata sexy da morire.

Avevo il cazzo fastidiosamente duro e dovetti sistemarmelo. Il suo sguardo cadde su quell'azione. «Sì, più sicuro,» dissi, senza doverle fornire altra spiegazione. «Forza, voglio farti vedere una cosa nella stalla.»

Qualcosa dove non avrei voluto strapparle i vestiti di dosso e piegarla a novanta su una balla di fieno.

Cazzo, ora stavo pensando a quello. Non c'era un posto in cui non volessi un altro round con lei.

«È una cosa che vorrò cavalcare?»

Io mi fermai praticamente di colpo, voltandomi a rivolgerle un'occhiataccia. Lei aveva un sorriso malizioso in volto. «Zuccherino, so di avervi accennato l'altra sera, ma sto cercando di essere un gentiluomo. Fa' la brava ragazza.»

Lei mi scrutò da capo a piedi, con espressione tutto meno che perbene.

Io ringhiai e la trascinai più lontano da casa. Dal mio letto. La sua risata morbida mi fece sorridere.

L'interno della stalla era fresco, l'odore di cavalli e letame forte, ma col bel tempo, le porte erano aperte.

«Non sono mai andata a cavallo,» ammise lei mentre io mi avvicinavo ad una cavalla screziata che fece capolino da un box.

Le accarezzai il naso. «Puoi toccarla,» dissi.

Quando lei non allungò una mano, io gliela presi e cominciai a sollevarla. La sentii tendersi man mano che ci avvicinavamo. «Zuccherino, non ti farà del male.»

Lei spalancò gli occhi e sembrò veramente spaventata. «Si chiama Sable. È gentile. La cavalca Claire.»

A quel punto lei rise. «Claire è più coraggiosa di me.»

«Nah, è solo che è cresciuta con loro. Te li farò piacere in fretta. Per ora, dalle solo una carezza.»

Attesi che traesse un respiro profondo per poi

annuire. Le feci sollevare la mano e gliela posai sul collo di Sable per poi lasciarla andare. Rimasi semplicemente lì a guardarla che la accarezzava, con gli occhi sgranati e un sorriso sincero in volto.

Andai a prendere dei fiocchi d'avena da un secchio e tornai, allungando il palmo per far mangiare Sable. «Vuoi provarci?»

Lei lasciò cadere la mano, se la pulì sui jeans e scrutò Sable come se fosse stata un alligatore invece di una docile cavalla. «Non esiste. Quei denti sono enormi.»

Io sogghignai. «Un'altra volta.»

«Era lei che volevi farmi vedere?»

«Quaggiù.» Le posai una mano sul fondoschiena e la guidai fino al box in fondo. Lei guardò dentro e sussultò.

«Cuccioli!»

Io aprii la porta del box e lei entrò inginocchiandosi a terra. «Lei è Maple,» dissi, presentando il labrador beige a Kelsey. «È di Thatcher.» Il cane sollevò il muso, ma non si mosse dal momento che stava allattando sette cuccioli irrequieti di labrador. Uno venne spinto via e Kelsey lo prese abbracciandolo per un istante prima di rimetterlo al suo posto così che continuasse a mangiare.

«Ma che bella mammina,» tubò Kelsey mentre accarezzava Maple per poi sollevare lo sguardo su di me. «Sei bravo.»

Io mi appoggiai alla parete e incrociai le caviglie. «Oh?»

Lei assottigliò lo sguardo. «Cuccioli? Sul serio?»

Io mi spostai il cappello. Non potei fare a meno di sorridere della sua espressione. «Che c'è?»

Lei piegò la testa e roteò gli occhi. «Non chiedermi che cosa c'è. Stai provando a conquistarmi con dei cuccioli?»

Io spostai lo sguardo lungo la stalla, assicurandomi di essere soli prima di rispondere. «Pensavo di averti conquistata col mio cazzo.»

Lei arrossì e si alzò in piedi. Venne da me. Stava sorridendo.

«Cuccioli e un cazzo magico. Cos'altro potrebbe desiderare una donna?»

Sollevandosi in punta di piedi, lei mi fece passare una mano dietro la nuca e mi attirò in un bacio.

Io assunsi subito il controllo, stringendola tra le mani, una che le afferrava il culo perfetto e la sollevava. Lei mi avvolse le gambe attorno alla vita ed io mi voltai, premendola contro la parete proprio come la sera prima. Era così morbida e florida, le mie mani in grado di stringerla e aggrapparmi a lei.

Non mi ero aspettato di baciarla in quel momento, facendo roteare i fianchi contro la sua intimità e facendola gemere. Ma non avevo intenzione di rinunciare a quella opportunità.

Lei sollevò la testa di qualche centimetro per riprendere fiato. «Sai proprio come eccitare una ragazza.»

«Ti si bagnano le mutandine per dei cuccioli, zuccherino?»

Lei scosse la testa e sogghignò. «Le mie mutandine si bagnano per l'uomo con i cuccioli.»

E bastò quello. Ecco. Boom. Il mio autocontrollo svanì. Il mio bisogno di quella donna mi spinse a smettere di fare il gentiluomo. A smettere di aspettare per portarmela a letto e prendermela di nuovo.

Le sollevai la maglia, scoprendo i suoi seni ricoperti di pizzo, chinandomi e prendendo un capezzolo rosa in bocca. Lei inarcò la schiena e mi posò le mani sulla testa. Non eravamo abbastanza vicini, per cui abbassai la coppa per scoprirla del tutto. «Fottutamente bellissima,» esalai per poi riprenderla in bocca.

«Siamo nella stalla,» disse lei.

«Non entrerà nessuno,» dissi io, sebbene non potessi esserne del tutto certo.

«Pensavo volessi aspettare,» esalò lei.

Io le baciai i seni, passando da un rigonfiamento all'altro. «Non posso aspettare. Ho bisogno di entrare in ciò che mi appartiene.»

Con attenzione, le posai nuovamente le gambe a terra così da poterle sbottonare i jeans e tirarle giù la zip.

«Sawyer, non posso--»

Avendo finalmente spazio, le feci scivolare una mano lungo la parte frontale delle mutandine e lei si sollevò in punta di piedi quando insinuai un dito nella sua figa gocciolante. Cazzo, sì. Così stretta. Così calda. I suoi muscoli mi si stavano contraendo attorno al dito e se la sera prima mi aveva insegnato qualcosa, stava per venire. «Che cosa, zuccherino?»

«Non fermarti.» Portò le mani al mio polso, guidandomi come voleva lei, ondeggiando i fianchi.

Io sogghignai e la guardai in volto mentre si scopava sul mio dito. Quando oltrepassò il limite, urlando il mio nome nella stalla, io quasi venni nei jeans.

Con una mano sul suo fianco per tenerla in equilibrio, tirai fuori l'altra dalle sue mutandine e mi leccai le dita per ripulirle. Non ne avrei mai avuto abbastanza del dolce sapore della sua figa.

Lei aveva le labbra dischiuse e aprì lentamente gli occhi. Poi si lanciò su di me, frenetica. Le sue mani mi corsero improvvisamente ai jeans, aprendoli. Cazzo, sì.

In qualche modo, mi era rimasto abbastanza sangue al cervello da rendermi conto di una cosa.

Le fermai la mano. «Zuccherino, non ho un preservativo.»

Lei sollevò la testa e sbatté le palpebre.

«Dobbiamo andare a casa mia.»

Lei scosse la testa, il respiro pesante. «Troppo lontano.»

Cazzo. *Cazzo*.

Toccò a me afferrarle il polso. Per impedirle di tirarmi fuori l'uccello. Certo, se ci avesse messo le mani sopra in quel momento, sarebbe finita. Non ci sarebbe stato bisogno di preservativi. Trassi un respiro profondo. «A me sta bene metterti incinta, ma non adesso. Magari prima ti metterò un anello al dito.»

Lei sbatté le palpebre guardandomi.

«Hai la figa vogliosa e ti serve dell'altro? Te la divoro io, zuccherino.»

Mi scostai da lei, afferrai una coperta per cavalli da un gancio sulla parete e la lasciai cadere sul fieno lontano dai cani. Mi sedetti, con le ginocchia piegate, e arricciai un dito.

Lei venne da me e mi si inginocchiò accanto. «Tocca a te.» Riportò le mani ai miei jeans, li aprì ed io sollevai i fianchi per farmeli scorrere lungo le natiche assieme ai boxer. Il mio cazzo si liberò ed io sospirai di sollievo per poi sibilare quando lei me lo afferrò saldamente alla base per accarezzarmelo.

Ricaddi sui gomiti e la guardai chinare la testa, aprire quelle labbra piene e prendermi a fondo.

«Porca puttana.» Chiusi gli occhi e posai una mano sulla sua nuca, facendo attenzione a non spingerla giù facendogliene prendere troppo. Stava facendo già un ottimo lavoro senza bisogno che la guidassi io.

I suoi capelli erano una matassa rossa scompigliata, con delle ciocche che mi solleticavano il ventre nudo. Aveva i jeans aperti e adesso riuscivo a vedere che aveva le mutandine azzurre, dello stesso colore del reggiseno.

Avevo i testicoli tesi e la sua bocca che me lo succhiava mi stava facendo perdere la testa.

Mi lasciai cadere sulla schiena. «Salimi in faccia, zuccherino. Voglio quella figa mentre me lo succhi.»

Lei sollevò la testa, si leccò le labbra gonfie e poi mi guardò. L'aria fresca sul mio cazzo bagnato non stava affatto placando la mia voglia.

Arricciai di nuovo un dito e poi lei sorrise, togliendosi jeans e mutandine e facendomi passare una gamba oltre il petto. Io le afferrai i fianchi, me la attirai in viso e—

Cazzo.

Figa rosa. Piccolo clitoride duro. Riccioli rossi. *Proprio lì.*

Mi leccai le labbra e la attirai giù così da metterle la bocca addosso.

Lei urlò. «Sawyer. Io... rallenta.»

Mi piaceva una donna che dava direttive al suo uomo. Feci come mi aveva detto e venni ricompensato quando lei si spostò e mi leccò l'erezione dalla base fino alla punta. Quando mi afferrò di nuovo—l'altra sua mano la stava tenendo sollevata su di me—e mi prese a fondo, io quasi persi la concentrazione. *Quasi.* Il mio obiettivo adesso era fare venire lei prima di venirle io in gola. Leccai, succhiai, le infilai perfino le dita dentro, trovando il suo punto G e facendole cavalcare la mia faccia. Poteva anche non essere mai stata a cavallo, ma di sicuro sapeva cavalcare, cazzo.

Lei venne di nuovo, le ginocchia che mi stringevano le spalle. Il suo dolce miele mi colò sulle dita, sulla lingua. io durai solamente cinque secondi dopo che ebbe affondato la figa sul mio viso, il mio seme che le pompava lungo la gola. Lei mandò giù tutto. Ogni singola goccia.

Io la feci cadere di lato e lei si accasciò sulla coperta accanto a me, poggiandomi la testa sull'addome. Un sorriso le curvava le labbra e sollevò lo sguardo su di me con un'espressione che avrei voluto vederle in viso ogni cazzo di giorno.

«Voglio vedere Sandy!»

La voce di Claire mi fece chiudere gli occhi e gemere mentre Kelsey saltava su più in fretta di una fetta in un tostapane. «Non entrerà nessuno?» sibilò.

Per fortuna, avevamo solamente da sistemarci i jeans. Kelsey girò in tondo, poi si lasciò cadere in ginocchio accanto a Maple prima che Claire facesse irruzione nel box. «Hai visto il mio nuovo cucciolo?»

Il sorriso sul volto di Kelsey era per Claire, ma io sapevo che il rossore sulle sue guance era merito mio. E quelle labbra gonfie... cazzo, mi stava venendo di nuovo duro.

Thatcher si fermò appena dentro il box. Spostò lo sguardo tra Kelsey e me, ancora seduto sulla coperta. Inarcò un sopracciglio e sogghignò. Già, sapeva cosa avevamo combinato, se non altro in termini generici. Per fortuna, Claire non vedeva altro che cuccioli agitati.

«Ne tieni uno?»

«Sì e l'ho chiamata Sandy.»

«Qual è?» le chiese Kelsey, ripulendosi le labbra con le dita.

Claire piegò la testa proprio come faceva Huck e scrutò la fila di corpicini beige, troppo piccoli per essere distinguibili, per poi voltarsi a sollevare lo sguardo su Thatcher. «Qual è Sandy?»

«Claire, cucciola, pensi di voler fare la brava signorina e presentarmi la tua amica?» le chiese Thatcher.

Claire ridacchiò. «Zio Thatch, lei è la signorina Kelsey, la mia maestra.»

Thatcher si tolse lo Stetson e si sporse verso Kelsey per stringerle la mano. «La tua maestra o l'amica di Seesaw?»

Claire mi guardò con gli stessi occhi azzurri di suo padre. E miei e di Thatcher. Era decisamente una Manning. «Lei ha comprato Seesaw, per cui se lo terrà.»

Kelsey arrossì quanto i suoi capelli. «Qual è Sandy?» chiese di nuovo, facendo palesemente cambiare argomento a Claire, il che funzionò perché lei si voltò e fissò i cuccioli con una smorfia concentrata nel tentativo di distinguere quelle palle di pelo.

Thatcher si accucciò accanto a lei e le posò una mano sulla piccola spalla, mentre lei era concentrata completamente sui cani. «Piacere di conoscerti, Kelsey. Ti lascio tornare a mettere alla prova il tuo acquisto.»

Kelsey spalancò la bocca e lui le fece l'occhiolino. Io mi alzai, andai da lui e gli diedi uno scappellotto.

Lui sollevò le spalle e si accucciò per difendersi, ma il suo ghigno dimostrava che non gli dispiaceva affatto.

«È arrivato il momento di andare, zuccherino.»

Le porsi la mano e aiutai Kelsey ad alzarsi. «È giunto il momento di farti fare un giro della casa.»

«Divertitevi voi due,» esclamò Thatcher.

Ci saremmo divertiti eccome.

7

*K*ELSEY

ERO IN GUAI GROSSI. Ragazzo figo. Ragazzo *bravo*. Ottima famiglia. Cuccioli. Cazzo magico. Non riuscivo a capire cos'avesse che non andava Sawyer Manning a parte il fatto che lo desiderassi *troppo*. Non poteva essere vero. Si trattava di desiderio. Di infatuazione. Era passeggero.

Ma era così bello. Mi sentivo frastornata. Leggera. Civettuola. Sexy.

Sawyer non nascondeva nulla. Non come Tom che aveva mantenuto tutti i suoi segreti in un altro stato. Lui mi stava mostrando tutto, ogni sua singola sfaccettatura come se la verità fosse stata importante.

Era impossibile resistere a lui... e ai cuccioli. Specialmente quando mi baciava come se ne avesse avuto bisogno per respirare. Mi parlava sporco come se non fosse stato affatto un gentiluomo. Mentre mi accompagnava in casa sua, mi resi conto che era fuori dalla mia portata. Quel posto non era lussuoso, ma era palese che avesse dei soldi. Se ne andava in giro in un pickup degli anni ottanta. Non ostentava i propri soldi. Ma i ripiani in granito, gli elettrodomestici di qualità, le finestre grandi come tutta la parete, la doccia enorme con più getti di una cascata dimostravano tutti che non aveva badato a spese. Le pareti erano di un marroncino chiaro, dei grossi tappeti coprivano i pavimenti in legno. Le decorazioni erano il minimo indispensabile ed erano neutre e maschili. La adoravo. Mi sembrava... casa. Quando mi fece vedere le tre camere da letto, due delle quali vuote, mi ricordai cosa avesse detto nella foga del momento.

A me sta bene metterti incinta, ma non adesso. Magari prima ti metterò un anello al dito.

Il mio cuore ebbe un tuffo ed io fui colta da una piccola fitta di panico. Voleva dei figli. Con me. Voleva sposarsi. *Con me.*

Tutto ciò che possedevo io stava nel piccolo deposito e nella mia auto. Dormivo nel retro del mio posto di lavoro. Non avevo risparmi. Nulla.

Eppure, quando lui si chinò a baciarmi la spalla mentre se ne stava dietro i me ed io fissavo il suo enorme letto nella camera principale, non potei fare a meno di piegare la testa di lato.

«Che c'è?» mi chiese lui, il suo fiato caldo che mi colpiva il collo.

«Non ci sono tende,» dissi, fissando le enormi finestre lasciate aperte per far entrare l'aria estiva.

Sentii le sue labbra curvarsi in un sorriso. «La mancanza di tende ti turba?»

Io scrollai leggermente le spalle e mi scontrai con la sua bocca. «Non ti piace che faccia buio per dormire?»

«Mi alzo presto.»

«E la gente che ti vede… cioè, in mutande o roba del genere.»

«Non c'è nessuno nei paraggi che possa vedermi.»

«Hai dei fratelli,» ribattei io.

«Fidati, non vogliono vedermi in mutande. Non guardi l'enorme letto?»

«La trapunta è bellissima,» commentai.

Sawyer era ordinato. Il suo letto era fatto. Non c'erano vestiti sparsi per terra. Solamente la maglietta della sua uniforme da pompiere era in giro, ma era piegata e appoggiata su una poltrona in un angolo, posta proprio accanto ad un caminetto ora spento. Potevo solamente immaginare quanto fosse accogliente quel posto per leggere nel bel mezzo dell'inverno.

«L'ha fatta mia madre. Era del letto dei miei genitori.»

Io mi voltai quel tanto che bastava per sollevare lo sguardo su di lui. «Cosa gli è successo?»

«Un incidente in aereo. Mio padre era pilota e il suo piccolo Cessna è finito in una corrente d'aria.»

Non riuscivo ad immaginarmi come potesse essere perdere entrambi i genitori nello stesso momento. Non una mamma e un papà come pensavo che fossero stati i suoi. Amorevoli. Disponibili. Devoti, non solo l'uno all'altra, ma ai loro figli.

«Quanti anni avevi?»

«Quindici. Hai detto che tua mamma viveva a Phoenix?»

Io chiusi gli occhi e appoggiai la testa contro la sua spalla. Sospirai. «Sì. Cambia uomini alla stessa velocità con cui la maggior parte delle persone si cambia le mutande.»

«Così in fretta?»

«Okay, forse alla stessa velocità con cui la maggior parte delle persone cambia il filtro della propria caldaia. Meglio?»

«Ora ho un'immagine molto più chiara. Grazie.»

Non potei fare a meno di sorridere. Allungai una mano dietro di me e cercai di pizzicargli il fianco, ma erano tutti muscoli duri. Rimasi tanto infastidita quanto eccitata.

«Siete unite?»

«Solo quando le servono soldi. Non ho mai conosciuto mio padre.»

«Fratelli e sorelle?»

«Nessuno.»

«Mi dispiace, zuccherino. Dev'essere dura con tua mamma. Non riesco ad immaginare di non poter contare sulla mia famiglia, anche se a volte sono una rottura di scatole.»

«Io ci sono abituata. So badare a me stessa,» ripetei, forse tanto per lui quanto per me.

«Potrai anche esserti occupata dei tuoi orgasmi in passato, zuccherino, ma adesso è compito mio. Per cui, il letto...» mormorò, le sue labbra ora contro il mio collo. Il suo cellulare squillò e lui indietreggiò tirandoselo fuori dalla tasca.

«Manning.» Mi diede le spalle, avvicinandosi alla finestra e fissando fuori mentre ascoltava.

Mi girava ancora la testa riguardo le sue ultime parole. Era compito suo preoccuparsi dei miei orgasmi? Um... cosa? Me ne aveva già dati un bel po' nel poco tempo in cui l'avevo conosciuto. Erano molto meglio di qualunque mi fossi concessa da sola, che fosse stato con la mia mano o con un vibratore. Ero tanto entusiasta quanto infastidita dalla sua possessività.

Lui mi lanciò un'occhiata da sopra la spalla. Sospirò. «D'accordo. Arrivo il prima possibile.»

Riagganciò, infilandosi nuovamente il cellulare in tasca.

«Mi dispiace, zuccherino. Era la stazione. C'è un problema con il camion dei pompieri. Ci hanno spedito un ricambio, ma era quello sbagliato. Qualcuno è andato ad Helena per recuperare quello sostitutivo, ma... be', il motivo non ha importanza. Devo andare.»

«Capisco.»

Venne da me e mi ravviò i capelli. I suoi occhi azzurri si spostarono tra i miei, abbassandosi sulla mia bocca. «Rimandiamo per il mio letto? Ho dei piani per te e potrebbe volerci un po' di tempo. Potrei doverti tenere nuda e troppo soddisfatta per andartene.»

Quando mi prese per mano e mi riaccompagnò alla mia auto, ero tanto entusiasta quanto preoccupata. Volevo stare con Sawyer, ma lui stava parlando di bambini, anelli e di *tenermi*. Ci conoscevamo a malapena e ciò significava che l'eccitazione iniziale sarebbe scemata. La mia figa non sarebbe più stata tanto speciale e lui sarebbe stato pronto a passare oltre. E a quel punto?

————

SAWYER

FORSE ERANO STATI GLI ORGASMI. Forse era stato il sorriso di Kelsey. Forse era stato il modo in cui mi stava alla perfezione tra le braccia. Forse era stato il modo in cui mi aveva cavalcato la faccia mentre me lo succhiava alla perfezione. O forse ero solamente cotto. Kelsey era quella giusta per me. Aveva qualcosa, forse il fatto che non fosse tanto dolce e timida. Diavolo, no. Si era sdraiata nel fieno ed era stata selvaggia.

Voleva essere indipendente. Non voleva fare affidamento su un uomo. Potevo comprenderlo, specialmente dopo ciò che mi aveva raccontato del suo ex.

Ma era nel mio DNA occuparmi di una donna. Avevo pensato che fosse stato ciò che aveva voluto Tina, un uomo che si occupasse di lei e la proteggesse. Invece lei aveva voluto la protezione dei soldi dei Manning, non la mia.

Non mi ero mai aspettato di trovare Kelsey. Non avevo mai saputo che potesse essere così. Mi ero innamorato di lei. Tanto. in fretta.

Era dolce con Claire e selvaggia con me.

Disinibita un attimo prima e cauta quello dopo. Sapevo di essere in grado di superare quelle solide barriere che aveva costruito. Ogni volta che riuscivo a farla smettere di pensare, vedevo la vera Kelsey. Quella che speravo che mi avrebbe desiderato a sua volta.

Era premurosa. Sexy. Permalosa. Divertente. Selvaggia. La *mia* donna. Già, avevo intenzione di tenermela, cazzo, e non solo perché fosse una cattiva ragazza che si sporcava nel fieno.

Dovevo solamente capire come dirglielo. Avrei potuto dimostrarglielo più e più volte fino a quando non avesse creduto alle mie azioni. Avevo sperato di poter fare proprio quello, trascorrendo la giornata nel mio letto. Avevo accennato al fatto di volere di più, di volere una relazione a lungo termine con lei, ma non l'avevo detto direttamente. Le avrei pronunciato quelle parole una volta che mi fossi sentito sicuro e che non mi sarei beccato una ginocchiata nelle palle.

Mentre la seguivo in città, mi resi conto di non avere idea di dove vivesse. Un'altra cosa che dovevo scoprire, perché avevo intenzione di trascorrere tutte le notti possibili con lei e, se fosse vissuta in centro, sarebbe stato un sacco più vicino alla stazione che non il ranch.

Lei mise la freccia per svoltare verso il centro sociale ed io la seguii. La stazione dei vigili del fuoco era tre isolati più in là. Dal momento che avevo qualche minuto libero, accostai accanto alla sua auto. Lei stava allungando una mano verso una borsa sui sedili dietro della sua auto quando le dissi, «Che coincidenza trovarti qui.»

Avevo il finestrino abbassato e il gomito appoggiato all'apertura. Il sole mi scaldava la pelle.

Lei si voltò di scatto e spinse nuovamente la borsa nel retro, i capelli che le frustavano il viso. Sapevo perché erano selvaggi e scompigliati e non riuscii a trattenere le sensazioni da uomo delle caverne che provai con la consapevolezza che fosse stato per via del sessantanove. La mia nuova posizione preferita, sebbene fossi diretto al supermercato dopo quell'impegno per acquistare la scatola di preservativi più grossa che avessero.

«Mi stai... mi stai seguendo?» mi chiese, il suo sguardo che si spostava da una parte all'altra.

Il mio sorriso vacillò dal momento che non sembrava molto felice di vedermi. Indicai oltre il mio parabrezza. «La stazione è giusto in fondo alla strada. Pensavo che avrei ottenuto un ultimo bacio prima di--»

«Sawyer, non mi piace che mi segui.»

Guardai il centro sociale, cercando di capire perché fosse tanto seccata.

«Sembri esageratamente nervosa per una che mi è appena venuta in faccia solo poco tempo fa. Ti serve un altro orgasmo?»

Lei arrossì come avevo sperato, ma invece di scorgere desiderio nel suo sguardo, lei assottigliò gli occhi.

Io misi in folle il pickup e sollevai le mani. «Whoa, zuccherino. Quello sguardo potrebbe uccidere.»

«Sawyer,» disse lei, e non con quella voce eccitante e ansimante di prima.

Io mi sfregai la nuca. «Non sono sicuro di cosa sia successo tra il ranch e qui, ma devo occuparmi del ricambio alla stazione, dopodiché potrò venire a casa tua. Parlare di qualunque cosa sia che ti dà fastidio. Starti ad ascoltare.»

Lei scosse la testa, ravviandosi una ciocca di capelli dietro l'orecchio. «No. Dio, senti, è stato divertente. Mi dispiace, ma non posso farlo.»

Io mi accigliai. «Fare cosa?»

«Non posso *stare nel tuo letto per tanto tempo*.» Sollevò le mani e mimò quelle fastidiose virgolette. «Non posso essere ciò che vuoi.»

Qualunque felicità avessi provato solamente un minuto prima stava svanendo. Ora ero fottutamente confuso. Incazzato. Più si agitava lei, più mi calmavo io. «Cos'è che pensi che io voglia, zuccherino?»

«Doveva essere solamente del sesso. Ti avevo *detto* che non significava nulla.»

«Cos'è successo? Cos'è che ti ha fatta diventare così nei venti minuti che sono passati dal ranch? Ti ha chiamato qualcuno?»

Lei arrossì e distolse lo sguardo. Già, qualcuno l'aveva infastidita. Qualcuno le aveva messo delle idee in testa.

«Chi ti ha dato fastidio? Lascia che ti aiuti.»

«No!» gridò lei.

Una madre con in braccio una bimba si voltò a guardarci mentre andava alla propria auto. Io le feci un piccolo cenno di saluto con la mano appoggiata al volante.

Kelsey si avvicinò al mio finestrino e mi guardò negli occhi. «Non mi serve il tuo aiuto, Sawyer Manning. Me la stavo cavando benissimo da sola prima che arrivassi tu.»

«Sei stata tu a comprarmi all'asta, ricordi?» le feci notare.

«Ti darò i tuoi soldi.»

Io sollevai lo sguardo al tetto del mio pickup e strinsi i denti. «Non me ne frega un cazzo dei soldi. Mi frega di *te*.»

«No. No!» ripeté lei, indietreggiando con le mani avanti. «Ti darò i soldi. Fino ad allora, lasciami in pace.» Si voltò.

«Aspetta,» dissi io, scendendo dal pickup. Allungai una mano per toccarla, ma cambiai idea all'ultimo. «Tutto qui? Dopo ciò che abbiamo appena fatto?»

«È stato sesso. Sesso!» Gettò le braccia in aria sebbene, a giudicare da come si stava comportando, era palese che la pensasse ben diversamente. «Non poso innamorarmi di un ragazzo solo perché ha il cazzo magico.»

Mi faceva piacere che pensasse che avessi il cazzo magico, ma ero solamente più infastidito. «Pensavo ti piacesse altro di me a parte il mio cazzo. Cioè, almeno i cuccioli.»

Ciò le strappò un piccolo sorriso mentre si passava

una mano tra i capelli. Li strattonò, guardò ovunque tranne che nella mia direzione. «Io... non posso.»

«Chi ti ha resa così nervosa? Tua mamma? Qualcun altro?»

Lei ignorò le mie domande e distolse lo sguardo. Non potei non notare le lacrime che aveva agli occhi. Qualcuno l'aveva ferita e, invece di venire da me, mi stava respingendo. «È meglio così.»

Io rimasi lì in piedi, le mani sui fianchi, e la guardai afferrare la sua borsa dal sedile posteriore, sbattere la portiera e correre verso l'edificio.

Che cazzo era appena successo?

———

KELSEY

RAGGIUNSI il bagno delle donne e mi infilai in uno stallo prima di crollare. Dio, Sawyer era sembrato... sconvolto. Frustrato. Perfino arrabbiato.

Mia madre mi aveva mandato un messaggio prima quando ero al ranch. Avevo lasciato il cellulare nell'auto e non avevo visto la notifica fino a quando non mi ero fermata ad un semaforo rosso controllando il telefono.

MAMMA: *Roger mi ha mollata. Mi servono i soldi per l'affitto.*

. . .

IMMAGINAI che Roger fosse il signor Phoenix, ma non potevo esserne certa, era solamente un altro dei tanti uomini che avevano deluso mia madre. Se lo schema era sempre lo stesso, lei si era innamorata di Roger, si era trasferita a casa sua ed era poi stata abbandonata una volta che lui si era stufato di lei.

Non aveva una laurea. Non sapeva fare nulla. Era a malapena stata in grado di tenersi un lavoro. Il suo *lavoro* era stato trovarsi un uomo che mantenesse lei e me quando ero piccola. Adesso, però, era stata *licenziata* ed era al verde.

Quella storia mi riguardava troppo da vicino, secondo me. Io potevo anche essere andata al college e avere un lavoro, ma avevo seguito Tom in un altro stato. Avevo pensato di amarlo. Ma ciò che provavo per Sawyer era molto di più e lo conoscevo solamente da un giorno. Era stata solamente la sera prima che l'avevo comprato all'asta.

La sera prima!

Gli avevo *detto* che non significava nulla. Ero stata seria. Ma ad un certo punto, tra un gelato e dei cuccioli, ero passata dal volere del sesso insignificante con lui a... tutto?

In. Un. Giorno.

Ero *proprio* come mia madre. Grazie a Dio mi aveva mandato un messaggio. Era stato davvero fortuito. Non la sentivo da mesi e il suo messaggio era stato il promemoria di cui avevo avuto bisogno.

Mi stavo trasformando in lei. Non potevo fare affidamento su un uomo.

Non su Sawyer Manning.

Specialmente non su di lui. Ero andata al centro sociale per farmi una doccia e lui mi aveva seguita. Se non avessi avuto tanta paura che scoprisse cosa stessi combinando, l'avrei trovato adorabile.

Aveva voluto un bacio.

Un bacio.

Mi si riempirono gli occhi di lacrime perché doveva pensare che fossi pazza o che avessi la peggior sindrome premestruale di sempre.

Era stato ad un passo dallo scoprire che non avevo un posto dove stare. Quando avesse scoperto la verità, se la sarebbe presa perché gli avevo mentito. O peggio, mi avrebbe aiutata.

Non potevo permettergli di farlo. Altrimenti, avrei seguito esattamente le orme di mia madre. Sarei dipesa da lui. Dovevo cavarmela da sola. Prendermi cura di me stessa.

Gli uomini non restavano. Si divertivano e, quando si annoiavano, passavano oltre. O mentivano come Tom per divertirsi senza avere intenzione di fare altro.

Per cui avevo respinto Sawyer. L'unico uomo che mi faceva provare qualcosa. Che mi dava speranza.

Mi asciugai le lacrime che mi scorrevano lungo le guance, afferrai della carta igienica e mi pulii il viso. Era meglio così.

Mentre prendevo le mie cose e mi dirigevo in doccia, dovetti chiedermi perché.

8

KELSEY

IL RUMORE di vetri infranti mi svegliò. Non mi ero resa conto di essermi addormentata perché mi ero girata e rigirata per ore. Tutto ciò cui riuscivo a pensare era Sawyer. L'espressione sul suo volto quando l'avevo respinto. Il desiderio di prendere il cellulare e chiamarlo. Prendere le chiavi e guidare fino a casa sua per sistemare le cose.

Lo volevo. Avevo bisogno di lui in una maniera che mi spaventava ed ecco perché non avevo fatto nulla. Ero rimasta sulla brandina e mi ero costretta a dormire. Doveva aver funzionato fino a quel momento.

Mi drizzai a sedere nel letto, in ascolto. C'era qual-

cuno fuori dall'edificio. Scesi dal letto, andai alla finestra
e controllai fuori. Non vidi nulla se non il parcheggio sul
retro. Poi sentii l'odore. Benzina. Corsi nel salone principale della scuola e mi raggelai. Fuoco. Si stava espan-
dendo lungo la parete dall'angolo degli incontri, i dipinti
fatti con le dita dai bambini appesi al muro che si arric-
ciavano e bruciavano. L'asilo inizialmente era stata la casa
di un minatore di inizio secolo. L'inizio del secolo *precedente*. Non conoscevo la storia dell'edificio o da quanto
tempo fosse una scuola, ma non aveva sprinkler antincendio. Era fatto di legno. Le pareti, le travi del tetto. I
pavimenti. Tutto. C'erano estintori in ogni stanza e requi-
siti antincendio come segnali d'uscita, ma le fiamme si
stavano diffondendo troppo in fretta per permettermi di
estinguerle. Io indossavo una canottiera e dei pantaloncini del pigiama e riuscivo a sentire il calore del fuoco
toccarmi la pelle.

Tossii, corsi nuovamente al letto e afferrai il mio cellulare dal pavimento. La finestra infranta attirava a sé le
fiamme, il vetro che ricopriva il tappeto con le lettere
dell'alfabeto.

Da fuori arrivò un fruscio ed io corsi alla finestra che
dava sulla parte anteriore. Un uomo stava versando del
liquido sull'edificio. Sollevandosi e ondeggiando, il... oh
merda, la benzina colpiva la parete. Lui indietreggiò e
lasciò cadere la tanica. Era nell'ombra, per cui non
riuscivo a distinguere il suo viso né altro a parte il fatto
che indossasse una felpa col cappuccio scura e dei panta-

loni scuri. Accese un fiammifero e lo lanciò. Le fiamme divamparono e lui non indugiò, si voltò e corse verso un'auto accanto al marciapiede. Partì a tutta velocità, il motore che rombava.

Io tossii, il fumo che cominciava a riempire la stanza. Andai alla porta sul retro, aprii la serratura e corsi fuori. Non avevo idea se il tipo sarebbe tornato, ma non avevo intenzione di aspettare per scoprirlo. Se aveva dato fuoco ad un edificio, era abbastanza pericoloso da fare qualcos'altro. Tipo fare del male a me, l'unica persona che aveva assistito al suo crimine.

Corsi verso gli alberi dalla parte opposta del parcheggio e mi nascosi dietro un enorme pioppo. Appoggiandomi alla corteccia ruvida, armeggiai col mio cellulare. Ero troppo spaventata, troppo agitata per inserire il pin per sbloccarlo, per cui premetti il tasto di emergenza. Non avevo mai apprezzato così tanto quella funzione come in quel momento.

«9-1-1, di cosa ha bisogno?»

«C'è un incendio. L'asilo a South Grant è in fiamme.»

———

SAWYER

Dopo aver cambiato il pezzo rotto del motore, ero rimasto alla stazione, fermandomi con i ragazzi invece di tornare a casa. Per quanto lei non fosse ancora stata nel mio letto, tornare a casa mi avrebbe ricordato del pomeriggio divertente che avevamo trascorso. Dubitavo che sarei mai più riuscito ad entrare nella stalla senza che mi venisse duro. Qualunque cosa pur di evitare di pensare a cosa cazzo fosse successo al centro sociale prima.

Quando giunse la chiamata per un incendio in un edificio, io ero con gli altri a far partire il camion nel giro di due minuti. Eravamo riusciti a vedere il bagliore delle fiamme non appena eravamo usciti dalla stazione. Quando accostammo, tirammo fuori le manichette e cominciammo a spruzzare acqua sull'asilo, la parte frontale era ormai completamente avvolta dal fuoco. Per fortuna, c'era abbastanza spazio attorno da far sì che nessun altro edificio della città fosse minacciato. Non ci volle molto ad abbattere le fiamme, ma la mia squadra si sarebbe occupata più a lungo di evitare che riprendessero.

I vicini erano usciti ad osservare, ma erano rimasti indietro. Io finii di riavvolgere una linea di manichette e scorsi Huck. Gli rivolsi un cenno col mento in segno di saluto. Mi ero aspettato di trovarlo lì, ad un certo punto. I nostri lavori si sovrapponevano spesso. La strada era bloccata e lui la attraversò per raggiungermi. Le luci blu a intermittenza dei veicoli di emergenza si riflettevano sul suo viso cupo.

Io mi scrollai di dosso la pesante giacca da pompiere così da restare con indosso solamente i pantaloni della divisa. Il sudore mi appiccicava la maglietta alla pelle, ma l'aria della sera era piacevole. «A volte odio il mio lavoro,» borbottai.

Huck grugnì. «Questo posto è bruciato in fretta,» commentò.

«Troppo in fretta,» risposi io.

«Ha avuto una mano?»

Io annuii. «L'odore è forte vicino all'edificio. Non è bruciato tutto.»

Lui strinse la mascella. Un incendio domestico era una cosa, ma uno doloso nel Bend?

Mi passai una mano sul viso. «Almeno non c'erano bambini all'interno.»

Huck assottigliò lo sguardo e sollevò lo sguardo al cielo scuro traendo un respiro. Quella era la scuola di Claire e l'idea di lei e qualunque altro bambino dentro...

Cazzo.

Una donna con indosso una tuta e delle pantofole si avvicinò a noi. Sulla quarantina, forse, sebbene fosse difficile capirlo sotto le luci forti e a mezzanotte. Nessuno aveva un aspetto tanto bello quando veniva buttato giù dal letto. Lei si portò una mano al petto mentre cercava di riprendere fiato.

«Sono Irene. Gestisco l'asilo.»

«Grazie per averci chiamati,» le dissi io. «Siamo arrivati in fretta grazie alla telefonata, ma si sono verificati comunque molti danni.»

La parte frontale dell'edificio era praticamente svanita sebbene la stanza sul retro fosse ancora in piedi.

«Non vi ho chiamati io,» disse lei, guardandosi attorno preoccupata e non in direzione della sua scuola distrutta.

Io guardai Huck. Era un ufficio ad Helena gestito dalla contea a occuparsi dello smistamento delle chiamate d'emergenza. La telefonata non era giunta direttamente alla sua stazione.

«Non è stata lei,» confermò Huck. «È stata Kelsey.»

Irene girò su sé stessa. «Oh Dio, dov'è?»

«Kelsey?» chiesi io, sebbene sapessi esattamente chi fosse Kelsey. Fin nei dettagli più intimi.

«È con uno dei miei agenti,» le disse Huck e lei praticamente si accasciò per il sollievo.

Io mi guardai attorno sebbene chiunque al di fuori delle luci dei veicoli di emergenza fosse inghiottito dall'oscurità. Non dovetti cercare troppo perché Graham e Kelsey erano diretti verso di noi. Graham era amico di Thatcher, aveva giocato a pallone con lui al liceo.

Io non gli prestai alcuna attenzione. Avevo occhi solo per Kelsey, che a sua volta aveva lo sguardo fisso su di me. Osservai i suoi capelli selvaggi, la sua canottiera e i pantaloncini. Si era chiaramente trovata a letto. A giudicare dal modo in cui teneva le braccia incrociate al petto nel bel mezzo di tutta quella storia, non indossava un reggiseno e stava cercando di nasconderlo.

Irene andò da Kelsey e la attirò in un abbraccio. «Dio, ero così preoccupata!»

«Sto bene,» disse Kelsey, rassicurandola e dandole

tutta la sua attenzione. «Ne sono uscita, non c'è problema.»

Uscita? Il mio walkie talkie stridette, qualcuno che chiamava il Comando Incidenti, cioè me. Dovetti allontanarmi, ma mantenni lo sguardo su Kelsey.

Quando ebbi finito, andai da lei, la presi per mano e la trascinai via. Lanciai un'occhiata ad Huck da sopra la spalla mentre ci allontanavamo, ma non mi interessava minimamente che volesse interrogarla o meno.

Io avevo delle domande per Kelsey e volevo delle risposte. Subito.

La condussi sul retro del camion dei pompieri. Mi sedetti sul paraurti, lasciai cadere la giacca accanto a me, allargai le gambe e la attirai a me così che ci si mettesse in mezzo. Era in ombra, ma riuscivo a vedere che stava guardando la mia maglietta.

Jake, uno dei pompieri, fece il giro dalla fiancata del camion. «Scusate.»

«Non preoccuparti. Ehi, occupati del Comando,» gli dissi.

«Certo, capo.»

Io non distolsi lo sguardo da Kelsey per tutto il tempo. «Okay, zuccherino. Sei stata tu a chiamare il 911?»

«Sì.»

«Cosa intendevi quando hai detto che sei *uscita senza problemi*?»

Lei sospirò. «Perché... perché ero nell'edificio.»

«Di che parli? Perché ti trovavi all'asilo nel bel mezzo della notte? Vestita... così? Ci stavi dormendo?» Indicai i suoi abiti. Lei non disse nulla, si limitò a stringere le labbra. «Perché ti comporti così?»

«Così come?»

«Arrabbiata,» dissi io, alzando la voce. Anch'io ero arrabbiato. Non capivo quella donna. Cambiava sempre umore ed io sembravo farle perdere le staffe solo respirando. «Anche prima al centro sociale. Non capisco cosa sia successo. Pensavo che le cose stessero andando bene tra di noi. Ti ricordi la stalla, no?»

Lei sciolse le braccia e le gettò per aria. Avevo ragione. Niente reggiseno. I suoi capezzoli duri gettavano un'ombra sulla sua canottiera. «Sawyer... non so che cosa dire.»

Io mi passai una mano in viso, stanco e rendendomi conto che non avrei mai capito le donne. Non le donne, una *donna* in particolare.

«Sta succedendo qualcosa. Dimmelo, ti prego.»

Irene fece il giro del camion e si fermò, posandosi una mano sul petto. I suoi occhi avevano un'espressione a metà tra la preoccupazione e la determinazione, entrambe concentrate su Kelsey. «Tu starai da me. Non si discute.»

Io spostai lo sguardo tra le due e vidi il modo in cui Kelsey spalancò gli occhi.

Lei attese che Kelsey annuisse. «Bene. Starò con la polizia fino a quando non sarai pronta.» Scomparve nel buio.

«Perché diavolo devi stare da Irene?»

«Perché,» esordì lei, poi si passò una mano in volto.

Pensai che magari me l'avrebbe detto, ma si limitò ad un, «Perché sì e basta.»

Io mi appoggiai al retro del camion dei pompieri, esausto. «Cazzo, zuccherino. Siamo almeno amici?»

Lei spalancò la bocca. «Cosa?»

«So che sapore hai.» Le feci scorrere un pollice sulla pelle nuda del ventre dove le si era sollevata la canottiera. La sua pelle era così fottutamente morbida. Come seta. «Pensavo che magari fossimo almeno amici. Perfino di più. Io non faccio il sessantanove con le amiche.»

«Io...» Lasciò in sospeso la frase, per una volta senza parole. Ne approfittai e proseguii.

«Lascia che ti aiuti.»

Quella sembrò essere la cosa sbagliata da dire, diamine, perché lei indietreggiò, scosse la testa e cominciò ad allontanarsi. Ma che cazzo?

Io saltai su e le corsi dietro. Si era diretta lontano dalla zona verso il buio.

Le afferrai la mano e la fermai. Lei si voltò di scatto, i capelli che le ondeggiavano sulle spalle nude.

«Non voglio il tuo aiuto!» sibilò.

«Be', lo otterrai,» dissi io, chinandomi e gettandomela in spalla.

Lei mi batté i pugni sulla schiena. «Sawyer! Non puoi continuare a fare così.»

Avevo intenzione di riportarmela al ranch. Affrontare quella storia in un luogo in cui non potesse continuare a scappare. Mi avviai lungo la strada verso il mio pickup e mi resi conto che avevo guidato il fottuto camion dei pompieri. «Cazzo!» urlai nel buio.

«Fratello.» Apparve Huck, i fari di uno dei veicoli di emergenza che delineavano il suo contorno. «C'è qualche problema?»

«Riporto Kelsey a casa con me, ma non si sta mostrando cooperativa.»

«Io sono qui,» sbottò lei. «Mettimi giù, uomo di Neanderthal.»

Huck inarcò un sopracciglio e scosse lentamente la testa come se avesse pensato di non ritenermi più un uomo. Io non potei fare a meno di sogghignare in risposta perché anche lui avrebbe trovato la sua donna e si sarebbe trovato in una qualche situazione del genere. Mi sarei divertito un mondo a rinfacciarglielo.

«Devo parlarle,» disse lui, usando il suo tono da poliziotto.

«Mettiti in coda,» ribattei io, fregandomene dei suoi motivi. «Ma come ho detto, cooperare non è il suo forte.»

«Io sono sempre qui!» urlò lei, pizzicandomi la schiena sopra l'orlo dei pantaloni della mia uniforme.

Huck guardò il culo per aria di Kelsey ed io mi resi conto che indossava solamente dei minuscoli pantaloncini del pigiama. Lui spostò lo sguardo su di me, poi roteò gli occhi. «Mi devi un favore,» disse.

Io mi accigliai, ma lui proseguì. «Kelsey Benoit, sei in arresto per sospetto incendio doloso.»

Lei si irrigidì sulla mia spalla.

Io spalancai gli occhi. «Ma che cazzo, fratello?»

«Vuoi interrogare la tua donna ma non riesci a controllarla? Io direi che non scapperà se si troverà dietro le sbarre.»

Io capii al volo e non potei fare a meno di sorridere ad Huck. Già, gli dovevo un favore. Lei mi avrebbe raccontato cosa cazzo stesse succedendo. Tutto quanto. Sarebbe rimasta in galera fino a quando non l'avesse fatto.

9

KELSEY

«NON MI PIACI PROPRIO,» dissi ad Huck Manning attraverso le sbarre della cella. Lui mi porse una maglietta blu scura ed io gliela strappai di mano infilandomela. Aveva la scritta Polizia del Bend a grandi lettere sul davanti e mi arrivava a metà coscia. Avevo ancora i piedi nudi, ma se non altro non era più tanto palese il fatto che non indossassi il reggiseno.

«Non ha importanza,» rispose lui. Aveva le braccia incrociate al petto e le gambe larghe. Il suo sguardo mi scorse addosso e lui annuì, apparentemente a sé stesso per il fatto che fossi coperta.

Sawyer mi aveva portata fino al SUV della polizia di Huck e si era assicurato che vi salissi—sul sedile del passeggero davanti—e mi aveva messo la cintura. Dal momento che l'asilo era bruciato, ero praticamente senza lavoro, ma essere messa nel sedile posteriore di un'auto della polizia di fronte ad un gruppo di ficcanaso di paese non mi avrebbe mai più reso possibile lavorare coi bambini. Ero grata del fatto che l'avesse compreso. Per fortuna, l'aveva fatto anche Huck e non mi aveva messo le manette.

Io non avevo detto una sola parola per tutto il tempo. Ero così arrabbiata e frustrata con Sawyer che avrebbe potuto dovermi versare dell'acqua in testa per via del fumo che mi usciva dalle orecchie. Lui non aveva detto nulla, aveva solo controllato che la mia cintura fosse stata a posto, mi aveva rivolto uno sguardo che non ero stata in grado di decifrare e poi si era allontanato tornando al lavoro. Era il capo dei vigili del fuoco e c'era stato un incendio.

Per quanto riguardava me e Huck, non avevamo parlato per il chilometro di strada fino alla stazione di polizia né quando mi aveva condotta nell'unica cella di quel posto. Non ero sicura se fosse perché era un uomo di poche parole o perché non parlava con le persone che arrestava. Non mi aveva recitato i miei diritti come facevano nei polizieschi.

«È il fatto che ti piaccia mio fratello ad avere importanza,» aggiunse. Dal walkie talkie che aveva sul fianco provenne una voce e lui abbassò il volume, senza distogliere lo sguardo da me. aveva gli stessi occhi azzurri di Sawyer.

«Non sono sicura che mi piaccia nemmeno lui, al momento,» risposi, accigliandomi e scrutando lo spazio spoglio. Era decisamente la prima volta che mi capitava una cosa del genere.

Huck si passò una mano sulla fronte mentre mi scrutava.

«Non ho appiccato io l'incendio,» gli dissi.

«Lo so.»

Spalancai la bocca. «Allora perché mi trovo qui?»

«Perché per quanto possa non piacerti lui, *tu* piaci a Sawyer.»

«Quindi mi hai arrestata per lui?»

«Già.» Si voltò e si allontanò, lungo il breve corridoio e attraverso la porta che conduceva alla sala principale della stazione. Non era una grossa città. L'edificio era vecchio e piccolo e non sembrava venire usato molto.

Non c'era alcun rumore a parte lo squillo attutito di un telefono e l'aria che passava attraverso una ventola sul soffitto. Io mi sedetti sul letto, facendo attenzione a posizionarmi sul bordo e a farlo con molta delicatezza. Non avevo idea di chi o del perché l'ultima persona fosse stata lì dentro.

Non mi ero nemmeno sistemata sulla coperta ruvida prima di sentire la porta aprirsi, dei passi pesanti e veder comparire Sawyer. Era senza fiato, come se fosse corso fino a lì dal luogo dell'incendio. Si era tolto gli spessi pantaloni da pompiere e gli stivali e adesso indossava dei jeans e una maglietta da vigile del fuoco. Aveva il viso e il collo ricoperti di fuliggine. Non riuscivo a credere a quanto fosse attraente. Prima, con indosso la divisa, era sembrato un modello da calendario.

Scattai in piedi. «Sawyer Manning, fammi uscire di qui.»

Lui mi scrutò, osservando la maglietta della polizia e le mie gambe nude. Ebbe un tic alla mascella. «Non fino a quando non avremo parlato. Sono stufo di te che scappi.»

«Va bene,» sbottai.

Lui gettò indietro la testa e rise. «Una donna che dice "va bene" significa che non va bene *niente*. Perché continui a respingermi?»

Io accasciai le spalle e abbassai lo sguardo sul pavimento di cemento. Mi rifiutavo di pensare ai germi che dovevo ormai avere sui piedi nudi. «Sei troppo gentile!»

Lui spalancò gli occhi e mi fissò per un istante, sorpreso dalla mia risposta. «Vuoi che sia uno stronzo?»

Io scossi leggermente la testa e chiusi gli occhi. «No. È... Non ho intenzione di dipendere da un uomo. Il mio ex era gentile come ti stai dimostrando tu.»

«Dipendere? Mi sto offrendo di aiutarti, non di possederti.»

Io aprii gli occhi e vidi l'esasperazione sul suo volto. «Qual è la differenza? Se accetto il tuo aiuto adesso, cosa succede dopo? Non posso farlo, Sawyer.»

Lui si posò le mani sui fianchi snelli ed io mi ricordai che la prima volta in cui l'avevo visto avevo ammirato il modo in cui li muoveva. Poi mi ricordai di altri modi in cui li avesse mossi così bene, il che non mi stava aiutando affatto. «Fare cosa? Sei stata tu a comprarmi. A scoparmi.

Sono soltanto un cazzo da cavalcare? Cioè, sei stata tu a lasciarmi, prima. Continui a respingermi. A *scappare* da una cosa davvero bellissima, cazzo.»

Oh merda. Le sue parole erano ben mirate e mi trafissero il cuore. Mi si riempirono gli occhi di lacrime ed io sbattei le palpebre per scacciarle. Non avevo intenzione di piangere lì. In quel momento. «Te l'avevo detto già quella prima volta, non significava nulla.»

Lui scosse la testa, avvicinandosi di un passo alle sbarre. «Allora? Forse. Forse era stata solamente attrazione. Voglia. Di assaggiarti, scoparti. Di togliermi quello sfizio. Ma adesso? Adesso puoi dire che ciò che abbiamo non significa nulla?»

Aveva così ragione. Perfino la sera prima all'asilo, avevo mentito a me stessa. Perfino allora, dopo averlo appena conosciuto, aveva significato qualcosa. Non avevo idea di come dal momento che ci eravamo conosciuti solamente da poche ore, ma... l'avevo percepito perfino allora. Non stavo nemmeno parlando del suo cazzo.

«Ci siamo conosciuti solamente ieri e tu mi vuoi nel tuo letto.»

«Sì, ma non ti sto chiedendo di sposarmi. Diamine, come hai detto tu, ci siamo appena conosciuti. Però c'è qualcosa, qui, e voglio lasciare che si sviluppi. Vedere come va.»

Ad ogni modo... mi spaventava a morte. «Non capisci?» urlai. Ero probabilmente rossa in viso e, a giudicare da come stessi agitando le braccia, forse sembravo un po' selvaggia. Agitata.

Attraverso le sbarre, lui mi afferrò per le spalle e mi scosse leggermente. «No, non capisco, cazzo.»

Io trassi un respiro e questa volta, quando mi si riempirono gli occhi di lacrime, mi scivolarono lungo le guance. Io me le asciugai freneticamente. «Se ti permettessi di aiutarmi, perderei me stessa.»

Lui si immobilizzò, fissandomi.

«Chi lo dice?» mi chiese, senza più alcuna belligeranza. «Tu? Cazzo, zuccherino. Se non ti faccio bagnare fino a scioglierti sul mio cazzo, sei così fottutamente spinosa come un cazzo di cactus. Mi rendi così difficile avvicinarmi, ma mi lascerai entrare. Voglio vederti, la vera te, come prima nella stalla. Cazzo, sei bellissima quando ti arrendi a me. Lascia che ti faccia sorridere tanto quanto ti faccio venire.»

Io spalancai la bocca di fronte a tutto quello. Dio, era un pompiere o un poeta? Mi si contrasse la figa e bramavo quegli orgasmi.

«Non posso darti tutto,» ammisi. «Non posso essere mia madre e tu non puoi essere il mio ex.»

Lui sollevò una mano e mi prese la mascella, asciugandomi le lacrime con il pollice. «Io ti vedo, zuccherino. È questo il problema, non è vero?»

«Ho bisogno che tu sia uno stronzo,» sussurrai.

«Non esiste,» disse lui, guardandomi in un modo che diceva che non aveva intenzione di discutere al riguardo. «Abbiamo sistemato quella questione quando mi hai tirato una ginocchiata nelle palle.»

Io non potei fare a meno di sbuffare, cedendo un po'.

«Forza, ti porto a casa.»

Il mio cuore ebbe un tuffo. Eravamo tornati al punto di partenza. «Non puoi.»

Lui imprecò trai denti e lasciò ricadere le braccia lungo i fianchi. «Perché no?»

«La smetti di farmi domande?»

«No.»

«Sei così insistente.»

«Tu sei così fottutamente permalosa. Perché non posso portarti a casa?»

«Perché non ne ho una!» Chiusi la bocca non appena quelle parole ne furono uscite, come fecero.

«Cosa--» Lui non disse altro. Sbatté le palpebre, poi lo vidi comprendere. L'aveva intuito prima, ma non aveva fatto due più due fino a quel momento.

Fu quell'attimo di rivelazione che mi fece crollare. Piangere. Mi girai, così che non mi guardasse, e mi portai le mani al volto.

Da un secondo all'altro, mi ritrovai avvolta tra delle forti braccia e premuta contro il suo petto, una grossa mano che mi stringeva la nuca.

«Aspetta, come...» Tirai fuori le parole tra le lacrime.

«Huck non ha chiuso la cella a chiave,» mormorò Sawyer, dandomi un bacio sulla testa.

Le sue parole bloccarono per un attimo le mie lacrime, facendomi rendere conto che *davvero* non mi piaceva Huck Manning. Ma quando Sawyer sussurrò, «Zuccherino,» io ricominciai a piangere di nuovo.

Non avevo idea quanto a lungo piansi. O perché nello

specifico lo stessi facendo. Inizialmente, ero stata così frustrata con Sawyer, così arrabbiata per il fatto che mi avesse spinta a dirgli la verità. O che Huck mi avesse arrestata, così da costringermi a condividere i miei segreti.

Ad un certo punto, Sawyer si sedette con me in braccio e si limitò a stringermi. Ciò mi fece piangere ancora di più perché... Dio, era così bello. Così forte che volevo affondare in lui, per cui lo feci, sfogandomi del tutto. L'ex che mi aveva tradita, la pessima coinquilina, come mi fossi fatta ingannare da entrambi. Perfino mia madre. A prescindere da quanto duramente cercassi di non essere come lei, non potevo impedirlo. Non potevo evitare i sentimenti che provavo per Sawyer. Quanto volessi lasciarmici andare ed essere felice.

Finalmente smisi di piangere, asciugandomi il viso sulla sua maglietta sporca di fuliggine. Lui mi ravviò i capelli e mi fece piegare la testa così che incrociassi il suo sguardo.

«Hai chiamato il 911 perché ti trovavi in quel fottuto incendio perché dormivi all'asilo?»

Io annuii.

«Da quanto?»

«Un paio di settimane.»

«Perché non hai detto nulla?» mi chiese. Tutta la sua precedente frustrazione era svanita.

«Mi sono infilata in un casino e avevo intenzione di tirarmene fuori da sola.»

«Raccontamelo. Tutto quanto. E non pensare

nemmeno di discutere al riguardo. Ormai siamo andati oltre quella fase.»

Io tirai su col naso, poi me lo sfregai. «Ti ho detto di aver seguito un uomo fino a qui, che era sposato.»

«Sì.» Strinse la mascella, ma non aggiunse altro.

«Avevo lasciato il mio lavoro nel Colorado, avevo trovato un subaffittuario per il mio appartamento. Avevo infilato tutta la mia roba in un rimorchio a noleggio ed ero venuta qui. Non potevo tornare indietro dopo aver scoperto la verità.» Trassi un respiro profondo, affatto entusiasta di rivivere i miei sbagli. «Su internet, ho trovato qualcuno in cerca di una coinquilina, ho ottenuto il lavoro all'asilo. Dopo due mesi, sono tornata a casa dal lavoro e ho scoperto che se n'era andata. Si era presa la sua roba. E la mia. Mi aveva lasciata con un materasso sul pavimento, i miei abiti. Penso che se avessimo avuto la stessa taglia, si sarebbe presa anche quelli. E si era presa i soldi del mio affitto.»

«Qui nel Bend?»

Scossi la testa. «No, a Floyd.» Quella città si trovava a quindici chilometri di distanza. «Non potevo pagare l'affitto, non la mia parte e di sicuro non anche quella della mia coinquilina. Sono stata sfrattata e, dal momento che ero al verde, non avevo dove andare.»

«E chiedere soldi ai tuoi genitori, o dei risparmi, o--»

Io scossi la testa e mi ravviai una ciocca di capelli che mi si era appiccicata alla guancia bagnata. «Non ho mai conosciuto mio padre e mia mamma mi ha mandato un messaggio prima chiedendo a me dei soldi per l'affitto. Ironico, vero?»

«È per quello che eri tanto turbata prima al centro sociale?»

Annuii. «Ho ricevuto il suo messaggio dopo che ce ne siamo andati dal ranch. Il tizio di Phoenix l'ha mollata.»

«E dei risparmi?» mi chiese lui.

«Le tasse universitarie mi hanno prosciugata, ma quel poco che avevo tenuto da parte l'ho speso per il trasloco, per cui non avevo abbastanza soldi per versare la caparra per un nuovo appartamento.» Lasciai cadere la fronte contro il suo petto. «Sono stata un'idiota.»

Lui mi passò una mano sui capelli. «Ti sei fidata. Non è essere idioti. Che cosa hai fatto?»

«Avevo già ottenuto il lavoro qui all'asilo, per cui avrei ricevuto uno stipendio, ma non abbastanza in fretta da trovarmi un posto dove vivere. Un motel era troppo caro per starci più di una notte. Irene ha scoperto cos'era accaduto. Mi ha permesso di stare a casa sua. Dormivo sul divano. Uno dei suoi figli mi ha messo del burro d'arachidi sul naso mentre dormivo. Io me lo sono spalmato tutto in faccia e mi sono svegliata con uno dei suoi cani che me lo leccava via. Ovviamente, casa sua è un manicomio. Ho chiesto di poter dormire all'asilo fino a quando non fossi riuscita a rimettermi in carreggiata. Immagino ci vorranno un altro paio di settimane, dopodiché sarò in grado di prendermi un appartamento tutto mio. Adesso, però...»

«Vieni a casa con me.»

Avrei voluto dire di sì. Disperatamente. Invece, scossi la testa. «Non posso,» sussurrai.

Lui mi strattonò i capelli così lo guardai di nuovo. Non mi fece male, ma quello strattone mi ricordò quanto potesse assumere il controllo, specialmente quando eravamo nudi. «Non puoi o non vuoi?»

«Non ho un posto dove vivere. È chiaro che al momento non abbia nemmeno un lavoro. Non posso semplicemente venire a casa con te e lasciare che tu ti prenda cura di me. È proprio ciò che stavo cercando di evitare.»

«Lasciare che qualcuno si prenda cura di te?» Sembrava... sconvolto, come se avessimo parlato due lingue diverse. «Va bene fare affidamento sulle persone.»

«Come ho fatto affidamento sul mio ex e sono finita bloccata nel Montana? Come mia madre si trasferisce da un tipo, si fa scaricare e si ritrova senza un tetto sopra la testa e senza soldi?»

«Smettila di paragonarmi al tuo ex. Puoi restare con me fino a quando non ti sarai trovata il tuo appartamento. Nessun vincolo.»

Io scossi la testa e mi alzai da in braccio a lui. Me lo permise, ma intrecciò le dita alle mie come a voler continuare a toccarmi. Io avrei voluto fuggire, specialmente con la porta della cella aperta. Era esattamente ciò che volevo fare, sebbene l'istinto di tornargli il braccio fosse altrettanto forte.

Non volevo nemmeno uscire nella parte principale della stazione di polizia e affrontare Huck. Lo stronzo.

Sawyer non capiva. Lui aveva due fratelli. Una governante che sembrava avere a cuore tutti quanti abbastanza
da metterli all'asta nella speranza che trovassero l'amore.
Lui era Seesaw. Non sarebbe mai stato solo.

Lo guardai, la serietà nei suoi occhi, il modo in cui
guardava *me*, come se fossi stata importante. Come se
fossi stata *sua*. Lui apparteneva alla copertina di un calendario di pompieri. E quell'accenno di barba *decisamente*
pronunciato. Era bellissimo. Non se ne rendeva
nemmeno conto. O non gli importava. «No, perché
quando avrai finito con me, starò peggio di quanto non
sto in questo momento. Mia mamma--»

«Tu non sei tua mamma. Qualunque stronzata abbia
inculcato tua madre nella tua testa, tu non dipendi da
me. Non sei in debito con me.»

«Tu sei ricco. Non voglio i tuoi soldi, Sawyer. Vorrei
che non li avessi perché allora non dovrei preoccuparmi
che, nel caso in cui le cose dovessero finire male, non
sarei in grado di reggermi sulle mie gambe.»

«Quando avrò finito con te? Quando le cose dovessero
finire male? Non mi piace che tu stia pianificando la fine
della nostra relazione.»

«Relazione? Ti conosco da meno di due giorni.»

«Sì, *relazione*,» ripeté lui. «È di questo che si tratta per me.
Tu sei questo per me. Se dovrò dirtelo ogni giorno per tanto,
tanto tempo per dimostrartelo, lo farò. Magari potrei
scoparti fino a fartelo credere perché l'unico momento in
cui non mi dai contro è quando ho il mio cazzo dentro di te.»

Io tirai su, poi sorrisi perché effettivamente era vero. «Io... penso che tu abbia ragione.»

Lui incurvò un angolo della bocca verso l'alto e sentii i suoi muscoli rilassarsi. «Su quale parte?»

Chinò la testa, fino a diventare una figura sfuocata, ma le sue labbra rimasero sospese proprio sopra le mie.

«Decisamente riguardo il tuo cazzo dentro di me, ma forse... su tutto quanto?»

Dopo averlo ammesso, lui mi baciò. Non con delicatezza. Energicamente, come se avesse dovuto buttare fuori tutti i suoi sentimenti in una volta. Le sue mani corsero ai miei fianchi per voltarmi, così che fossi a cavalcioni su di lui. Interruppe il bacio abbastanza a lungo da sfilarmi la maglietta dalla testa. «Se devi indossare una maglietta da uomo, indossi la mia. Niente magliette della polizia per la mia donna,» disse, fissando i miei capezzoli che erano duri e molto visibili attraverso la mia canottiera.

Huck si schiarì la gola ed io sobbalzai, voltando di scatto la testa verso di lui in piedi fuori dalla cella. Mi tirai la maglietta appallottolata davanti al petto nonostante lui e metà della città mi avessero già vista più che bene davanti all'incendio.

«Voi due potete scopare per fare pace più tardi e preferibilmente non nella mia cella. Il danno causato dal fuoco ha rovinato più che altro la parte frontale dell'edificio. Graham ed Irene hanno preso le tue cose e hanno portato qui la tua auto.»

Non ci avevo nemmeno pensato, il che significava che Irene doveva avergli detto che vivevo lì. «Grazie.»

Huck mi rivolse un piccolo cenno del capo, poi guardò Sawyer. «Tocca a me parlarle.»

«Adesso?» chiese lui, le sue dita che si stringevano sui miei fianchi in quello che mi sembrò un gesto possessivo.

«Eri lì quando il tipo ha appiccato l'incendio.» Il suo volto era serio mentre si posava le mani sui fianchi e i suoi occhi azzurri si fissavano solamente su di me. Emanava la stessa intensità di Sawyer, la stessa sensazione da He-Man pronto a salvare il mondo.

«Sì.»

«L'hai visto appiccarlo?»

«Sì,» ripetei. «Ha gettato qualcosa all'interno attraverso la finestra davanti. Mi ha svegliata. La sala principale era in fiamme. Ho sbirciato davanti, l'ho visto con una tanica che ne versava il contenuto sull'edificio. Benzina, immagino. Ha lanciato un fiammifero e ha preso fuoco subito, poi è scappato. È fuggito in auto.»

«Cazzo,» esalò Sawyer e mi fece scorrere una mano lungo la spina dorsale.

«Io sono uscita dal retro e ho chiamato il 911.»

Sawyer inalò bruscamente, mi prese il mento così che fossi costretta a guardarlo negli occhi. «L'hai visto bene?»

Non c'era più l'uomo dolce e sexy. Al suo posto c'era il sostituto protettivo e autoritario.

Io feci spallucce. «L'ho visto, ma non l'ho mai visto in volto. Pantaloni scuri, felpa col cappuccio. Non saprei identificarlo.»

«E la macchina?» mi chiese Huck.

Risposi subito ciò che mi ricordavo. «Bianca o argentata. Vecchio modello. Quattro porte. Il portellone posteriore era di un colore diverso come se fosse stato sostituito.»

«Lei starà con me,» disse Sawyer. Mi tirò via da in braccio a sé per poi alzarsi. «È una città piccola. Si spargerà presto la voce che si è trattato di incendio doloso. Tutti lo sapranno prima di bersi la prima tazza di caffè della giornata.»

Quella volta, quando mi trascinò lungo il corridoio, io non protestai.

10

SAWYER

DOPO LA NOSTRA CHIACCHIERATINA RIVELATORIA, l'avevo seguita nuovamente fino al ranch. Lei non aveva discusso, forse perché erano le due passate del mattino quando finalmente ci fummo fatti una doccia per lavare via il fuoco e ci fummo sistemati nel mio letto. Io non avevo fatto altro che attirarla tra le mie braccia prima che si addormentasse. Le avevo dato un bacio sulla testa e mi ero goduto la sensazione di lei in casa mia, nel mio letto prima di crollare anch'io.

Huck ci aveva svegliati presto. Troppo presto, cazzo. Ci aveva detto di andare alla stazione. Che avevano trovato il tipo che aveva appiccato l'incendio. Io avevo voluto trascorrere la mattinata con Kelsey. Nel mio letto. Nuda.

Ma volevo lasciarci alle spalle quel casino dell'incendio. Volevo assicurarmi che Kelsey non fosse in alcun genere di pericolo.

Lei aveva recuperato degli abiti puliti dal bagagliaio della sua auto ed io avevo guidato fino in città.

Mentre lei compilava la propria dichiarazione riguardo l'incendio, io presi dei caffè al bar in fondo all'isolato. Ciò che aveva condiviso la sera prima mi era rimasto in testa. Aveva dei seri problemi con gli uomini e le relazioni. Io le avevo detto che era mia, che l'avrei convinta. Le parole non sembravano funzionare con lei. Le azioni l'avrebbero fatto. Anche la pazienza. Erano davvero passati solamente due giorni. Dovevo lasciare che le cose succedessero e basta. Godermi la corsa. Ma un fottuto incendio aveva reso la strada dissestata. E il fatto che avesse dormito all'asilo senza che lo sapesse nessuno a parte Irene.

«Non riesci proprio a pensare ad altro?» chiese Huck mentre entravo, posando il suo foglio in cima ad una piccola pila che aveva creato.

Io posai il vassoio di cartone sulla scrivania di Huck e passai i bicchieri in giro. Mi lasciai cadere sulla sedia vuota.

Kelsey scosse la testa. Per quanto per me fosse bellissima, sembrava esausta. Un paio di ore di sonno non bastavano dal momento che aveva le occhiaie.

Era stata in un incendio. Cazzo, mi si gelava il sangue perché avevo visto cosa succedeva alla gente che non riusciva a tirarsene fuori per tempo. Mi faceva venire voglia di prendermela in braccio e non lasciarla andare mai più.

Lei bevve con esitazione un sorso di caffè.

Huck si appoggiò allo schienale della propria sedia e sospirò. Non avevo idea se fosse nemmeno tornato al ranch per riposarsi per qualche ora. Lui intrecciò le dita dietro la nuca, allargando i gomiti. «Non hai visto nessuno nei paraggi dell'asilo la scorsa settimana? Che lo esaminava?»

Noi eravamo seduti nelle due sedie davanti a lui. Il suo ufficio aveva un arredamento vintage anni ottanta, la finta pelle color zucca. La moquette era abbinata, per quanto consunta.

«No. Ci facciamo attenzione per via dei bambini.»

«Dopo la chiusura?» chiese lui, lasciando cadere le braccia e sporgendosi in avanti. Tolse il coperchio al suo bicchiere da asporto e lo gettò nel cestino. Intendeva quando era stata lì a dormire.

Lei fece spallucce. «No, sebbene non vi abbia prestato attenzione.»

Huck si passò una mano in viso.

«Avevi detto che avevate trovato quel tipo,» dissi io, scrutando mio fratello.

Lui annuì. «Abbiamo ricevuto una chiamata verso le quattro. Un ribaltamento sulla provinciale. Una berlina bianca a quattro porte. Il portellone posteriore era stato sostituito, proprio come hai detto tu.»

Il dipartimento dei vigili del fuoco era stato chiamato, ma io non ero in servizio. Ero certo che ci fosse un verbale in stazione e avrei potuto farmi fare un resoconto da chi aveva risposto alla chiamata.

Kelsey si rizzò a sedere. «L'autista sta bene?»

Un nervo si tese nella mascella di Huck. «È stato sbalzato fuori. Niente cintura di sicurezza. È arrivato deceduto in ospedale. C'entrava l'alcol. A parte puzzare di liquore, il cadavere sapeva di benzina. E ce n'era una tanica nell'auto.»

«Pensi che si trattasse del piromane?» chiesi io sebbene la risposta fosse piuttosto ovvia.

Huck mi lanciò un'occhiata. «A giudicare dalla testimonianza di Kelsey riguardo l'auto, il fatto che ci fosse una tanica di benzina... sembrerebbe così.»

«Documenti?»

«Alan Dunsmore. Patente dell'Idaho.» Guardò Kelsey. «Il nome ti dice qualcosa?»

Lei scosse la testa.

«Faremo una ricerca e il caso rimarrà aperto.»

Ci fu un breve bussare e Graham fece capolino dalla porta. «Capo. C'è Bunky.»

Huck annuì, poi l'agente svanì.

«Che diavolo ci fa qui Bunky?» chiesi io.

Huck si alzò, sistemandosi la cintura. Sospirò sonoramente. Lanciò un'occhiata carica di desiderio al caffè che aveva lasciato. «Possiede l'edificio dell'asilo. Ha bisogno del rapporto della polizia per chiedere un risarcimento all'assicurazione.»

«Pensi che conosca il tizio? Un nemico?» domandai io.

Huck fece spallucce, lasciando cadere le spalle con

palese stanchezza per il fatto di dover avere a che fare con quel tipo. Non lo biasimavo. «Può essere, ma non mi sembra una cosa da Bunky. Se avesse voluto i soldi dell'assicurazione, un incendio palesemente doloso non sarebbe stato il modo giusto di agire. Dubito che lo pagheranno. Ora ha un edificio danneggiato dalle fiamme che non gli frutta alcun soldo. E in più, deve ricostruirlo. Quella roba è cara e deve tirare fuori tutto di tasca sua.»

Facendo il giro della scrivania, Huck ci lasciò nel suo ufficio.

«Bunky?» mi chiese Kelsey, posando la propria bevanda accanto a quella di Huck.

«Un tizio con cui siamo cresciuti,» dissi io, bevendo un lungo sorso del mio caffè. Mi piaceva prenderlo amaro e quella volta me l'ero fatto fare doppio. Nemmeno quello mi avrebbe dato la forza se avessi dovuto avere a che fare con Tom Bunker. «Era in classe con me a scuola, ma ha dovuto ripetere la prima media, per cui è finito tra me e Huck. Non ho molte cose buone da dire sul suo conto. I suoi genitori possedevano alcune proprietà in città. Quando sono morti, ha ereditato tutto lui. Non sapevo che l'asilo fosse uno dei suoi edifici, però.» Sospirai, felice che fosse Huck a doversela vedere con lui e non me. «Ho fame. Vuoi andare a pranzo?»

«Certo.»

Lasciammo l'ufficio di Huck e ci dirigemmo verso l'ingresso. Kelsey si immobilizzò ed io quasi le andai a sbattere contro, posandole una mano sulla spalla.

«Zuccherino?»

Da sopra la sua spalla, riuscii a vedere che stava fissando ad occhi sgranati Bunky e Huck che stavano parlando nella piccola zona d'attesa nell'ingresso. Bunky sembrava essere appena uscito da un campo da golf con i suoi pantaloni khaki stirati e una polo azzurra. I suoi capelli scuri stavano cadendo e li teneva lunghi in cima così da poterlo nascondere. Aveva un aspetto decente, ma da ricco stronzo.

Lei sbiancò ed io la strinsi leggermente. Sbatté le palpebre, ma non offrì alcuna reazione.

Oh merda.

«Che succede? Non è lui il tipo che hai visto, vero?» Forse la domanda che avevo posto a Huck aveva colto nel segno. Aveva senso. Un pessimo incendio doloso. Un tizio che dava fuoco al suo stesso edificio. Non avevo idea del perché Bunky dovesse aver bisogno di soldi. A parte i terreni che aveva ereditato, sua madre era stata una specie di ereditiera del petrolio e i soldi gli entravano regolarmente in una specie di fondo fiduciario. Non aveva la minima idea di cosa fosse il duro lavoro. Ecco perché aveva ripetuto la prima media. Ma se avesse voluto i soldi dell'assicurazione, Huck aveva ragione. L'assicurazione non copriva crimini del genere e adesso gli era rimasto un pezzo di terreno inutile.

Lei scosse la testa, il che significava che Bunky non era un piromane oltre ad uno stronzo.

Ci vollero un altro paio di secondi perché Huck guardasse nella nostra direzione, cosa che distrasse Bunky e fece voltare anche lui. Smise di parlare a metà frase. Spalancò gli occhi scuri, il che significava che era tanto sorpreso di vedere Kelsey quanto lei lo era di vedere lui.

«Kelsey?» chiese Bunky. «È... un piacere vederti.»

Quelle parole sembravano più finte della sua abbronzatura.

«Già, *Bunky*.»

A giudicare dal tono di Kelsey, quel tipo non le piaceva. Aveva buon gusto.

Lui le rivolse un sorriso. «Un vecchio soprannome. Conosco i Manning da molto tempo.»

«Tom Bunker,» disse Kelsey, come se avesse final- mente avuto senso. Qualunque cosa fosse.

«Voi due vi conoscete?» domandò Huck, spostando lo sguardo tra i due come in una partita di tennis.

«Ci conosciamo,» disse Bunky, posandosi le mani sui fianchi. «Ha cercato di rovinare il mio matrimonio l'anno scorso.»

Ma. Che. Cazzo?

Kelsey si irrigidì, poi trasse un respiro profondo e sollevò il mento. «Intendi quando volevi trascorrere il resto delle nostre vite insieme? Quando hai detto che avrei dovuto trasferirmi qui per stare con te?»

Bunky era il Tom di Kelsey? L'ex che si era scoperto essere sposato? Tom Bunker?

Bunky scosse la testa come a rimproverare silenziosa- mente una bambina. «Ti sei presentata a casa mia.»

«Avevi detto di amarmi!» Kelsey vibrava praticamente di rabbia sotto le mie mani.

Per fortuna, l'unica altra persona presente nell'ingresso ad assistere alla scena era Graham e lui era alla sua scrivania, a guardare il tutto restando in silenzio.

Lo sguardo di Bunky si spostò sulla mia mano sulla spalla di Kelsey. Si assottigliò. Poi sul suo volto si aprì un ghigno che poteva essere classificato solamente come malizioso. «Oh, è così che stanno le cose?»

«Così come?» domandai io, affatto dell'umore di affrontare lui o le sue stronzate.

«Lascia che ti dia un consiglio,» esordì lui per poi sollevare il mento per indicare Kelsey. «Questa qui è appiccicosa. È un'arrampicatrice sociale.» Rise per poi indicare me. «Oh diamine, è uno spasso. Sai proprio come scegliertele. Prima Tina, ora Kelsey. Donne che ti desiderano per i tuoi soldi. È questo che ha fatto lei con me. Io starei attento al portafoglio con questa qui–.»

«*Questa qui*?» praticamente urlò Kelsey.

Quando avanzò verso di lui, io non la fermai. La mia mente si era spenta o qualcosa del genere. Le parole di Bunky riguardo a Tina toccarono un nervo scoperto che chiaramente bruciava ancora. La rabbia che mi era rimasta per il fatto che mi avesse usato fu come un sapore amaro in bocca. Io non provavo alcun sentimento per Tina a parte un estremo disgusto. Bunky, però, la usava come un'arma per infastidirmi.

Non fosse che Kelsey non era come Tina. Affatto. Lo sapevo. Certo, stava succedendo in fretta, qualunque cosa fosse quella tra di noi. I miei sentimenti per Kelsey erano diventati presto seri. Proprio com'era successo con Tina.

Ma se Kelsey avesse voluto i miei soldi, si sarebbe infilata nel mio letto invece di fare tutto il possibile per evitarlo.

Non ero arrabbiato perché credevo a Bunky. Non credevo ad una sola parola che uscisse dalla sua bocca. Ero arrabbiato per via del modo in cui sogghignò quando Huck dovette afferrare Kelsey per tenergliela lontana, come se fosse stato lui quello che si comportava civilmente e il comportamento avventato di lei non facesse che confermare i suoi commenti. Non avevo dubbi che avrebbe tirato una ginocchiata nelle palle a Bunky per ciò che aveva detto se Huck non se la fosse tenuta stretta a sé.

«È Bunky il motivo per cui continui a respingermi?» le chiesi.

Huck si voltò e, poiché Kelsey era bloccata nella sua presa, lei si mosse con lui.

«Cosa?» sussurrò. Aveva le guance rosse e gli occhi verdi selvaggi. Guardò Bunky e assottigliò lo sguardo, poi si rivolse verso di me.

«Tom Bunker è il tuo ex. Quello a cui mi hai paragonato,» dissi, mettendo insieme tutti i pezzi.

Bunky rise ed io lo fissai in cagnesco. Quello sguardo non lo fermò come avrebbe potuto fare al liceo.

«No, io--» balbettò lei.

«Non posso fare affidamento su un uomo, hai detto. Non riesco a capire quando dicono la verità. Sono state quelle le tue parole, no?» Sputai quell'affermazione come se avesse avuto un cattivo sapore. «Ora ha molto più senso.»

«Che cosa?»

Mi sfregai la nuca, sentendomi un'idiota. «Non c'è da meravigliarsi che tu abbia così tanti problemi con gli uomini. Bunky è uno sfruttatore di prim'ordine. Uno ricco.»

«Ehi!» protestò lui, ma io lo ignorai come al solito. Lanciai un'occhiataccia a Kelsey che non lo stava negando.

L'avevo odiato sin da bambino. Lo odiavo ancora. Ma essere paragonato a lui? Cazzo, no. Non riuscivo a pensare a nulla di peggio. Avevo cercato per tutta la mia vita di essere un bravo ragazzo, un ragazzo decente. Di aiutare le persone. Bunky non avrebbe dato un giubbotto di salvataggio ad un bambino se ne avesse avuto bisogno per salvare sè stesso.

Lei sbatté le palpebre.

La sua mancanza di risposta fu più rivelatoria di qualunque cosa avrebbe potuto dire.

Mi tolsi lo Stetson e me lo sbattei contro la coscia. Sospirai. «Avevi ragione. Non dovremmo farlo. Non posso stare con una donna che non desideri *me*. Tina voleva i miei soldi.»

Lei si dimenò contro la presa di Huck, ma lui non aveva intenzione di lasciarla andare. «Io non voglio i tuoi soldi,» urlò.

«Oh, lo so. Hai rifiutato qualunque mia offerta d'aiuto. Se fosse così, sarebbe molto più semplice. Ma a quanto pare io sono proprio come Bunky. Tom Bunker, cazzo.» Indicai quel perdente.

«Ehi!» esclamò di nuovo lui.

«Se pensi che sia proprio come quello stronzo, perfino dopo ciò che abbiamo fatto assieme, allora mi sbagliavo sul tuo conto.»

«Sawyer,» disse lei, gli occhi che le si riempivano di lacrime.

Io sollevai una mano. «Risparmiami. Se non riesci a capire la differenza tra un uomo che vuole ciò che è meglio per te e uno che tradisce sua moglie e la sua famiglia mentendo, allora... io ho chiuso. E meno male, prima che me ne importasse qualcosa.»

L'ultima cosa che vidi fu lei che spalancava la bocca. Le scivolò una lacrima lungo la guancia.

Bunky rise.

Io avanzai a grandi passi verso di lui e gli tirai un pugno sul naso.

«Ma che--» ululò lui, portandosi una mano al viso. Proseguì con una serie di imprecazioni. Il sangue gli colava tra le dita.

«Questo è per ciò che hai fatto a Kelsey,» ringhiai. «Prova anche solo a parlare male di lei a chiunque e ti seppellirò in fondo ai miei terreni dove nessuno ti troverà mai.»

Lui spalancò gli occhi, poi si voltò verso Huck. «L'hai sentito? Mi ha minacciato. Tu sei il capo della polizia. Arrestalo!»

Mi facevano male le nocche, il cuore mi batteva a mille ed ero incazzato.

«Io non ho sentito nulla,» disse Huck, scuotendo lentamente la testa.

«Mi ha spaccato il naso!»

Huck scrollò le spalle, per nulla interessato. «Bisogna fare attenzione alle porte in questo posto. Andrebbe ammodernato. Mi assicurerò di far sapere al consiglio comunale cos'è successo. Magari otterremo dei fondi per una ristrutturazione.»

Lo sguardo assottigliato di Bunky si volse verso Graham. «Tu sei un testimone.»

Graham sollevò le mani. «Non ho visto nulla. Forse dovresti farti controllare.»

«Attento col sangue sulla moquette,» lo avvertì Huck. «È difficilissimo da far andare via.»

Io non mi attardai ad ascoltare altre lamentele da parte di Bunky. Rivolsi un'ultima occhiata a Kelsey, dopodiché me ne andai. Non ero sicuro se fu la tristezza sul suo volto o il fatto che avessi pensato di aver condiviso qualcosa con lei che mi fece sentire uno schifo totale. Non aveva importanza. Conoscevo Kelsey da due giorni. Sarei stato in grado di dimenticarmi di lei altrettanto in fretta.

No?

11

KELSEY

«NON SONO sicura del perché sono qui,» dissi, rigirando la zuppa di pomodori che Alice mi aveva messo davanti. Sembrava fatta in casa con erbe aromatiche e forse della panna. Avrei dovuto dimostrarmi più entusiasta dal momento che ultimamente ero sopravvissuta principalmente ad economici antipasti scaldati al microonde, ma mi sentivo solamente triste e ferita. Volevo andarmene e la mia auto era parcheggiata davanti a casa di Sawyer, ma avevo la sensazione che lei mi avrebbe trascinata nuovamente lì per le orecchie o qualcosa del genere.

Posò un piatto di formaggio grigliato accanto alla zuppa. Dannazione. Sapeva che non mi sarei allontanata dal burro e dal formaggio fuso.

Dopo che Sawyer era corso via dalla stazione di polizia, Huck aveva affidato Tom—ormai palesemente conosciuto alla gente del posto come Bunky—a Graham affinché si lamentasse con lui e rilasciasse la sua deposizione riguardo all'incendio. Huck mi aveva infilata nel suo SUV—di nuovo—e questa volta mi aveva portata al ranch. Non aveva detto una parola per tutto il tragitto.

Aveva accostato davanti alla casa principale, non a quella di Sawyer. Mi aveva letteralmente accompagnata alla porta d'ingresso, mi aveva consegnata ad Alice e se n'era andato.

Non avevo idea di chi l'avesse vinto all'asta, ma dovevo sperare che non facesse tanto lo stronzo con lei quanto con me.

Dopotutto, però, lui stava proteggendo suo fratello ed io apprezzavo quella lealtà. Sebbene perché non mi avesse semplicemente rimessa in galera—chiudendo questa volta la porta a chiave—o non mi avesse spinta fuori dall'ingresso della stazione di polizia, non ne ero certa.

«Perché devi avere fame,» disse Alice, sebbene non avesse senso il fatto che mi avesse portata fino a lì dal momento che c'erano un sacco di posti dove mangiare in città.

Io addentai il formaggio grigliato. Dannazione, non potevo nemmeno discutere perché avevo fame e quel panino era incredibile. Lo scrutai, pensando che avesse imburrato e tostato perfino la parte interiore del pane prima di metterci il formaggio.

«Non penso di piacere ad Huck.»

Lei rise. Immaginai che Alice fosse sulla sessantina, i capelli lunghi raccolti in una crocchia scomposta sulla nuca, di un castano intenso che stava ingrigendo. Indossava dei semplici jeans e una maglia rosso scura, ma aveva aggiunto un tocco stravagante con una sciarpa cachemire sulle spalle. Quella era la donna che aveva messo tutti e tre i Manning all'asta, il che dimostrava che loro la rispettavano e avevano anche paura di lei. Ecco perché non me n'ero andata. Se degli uomini adulti avevano paura di quella donna, io ero abbastanza furba da non adirarla. Poteva anche essere piccola, ma avevo la sensazione che fosse lei a gestire quel ranch e lasciasse credere agli uomini il contrario.

«Penso tu ti stia preoccupando del Manning sbagliato,» disse lei, usando un canovaccio per dare una passata al bancone già pulito.

Era chiaro che quella parte della casa fosse vecchia per via delle travi sul soffitto e delle assi del pavimento consunte, ma la cucina era stata ammodernata di recente. Un disegno di Claire era appeso al frigo. Una parete era stata abbattuta ed era stato aggiunto un salottino, che permetteva di unire la cucina al soggiorno. C'erano foto appese alle pareti. Una fila di ganci accanto alla porta sul retro. Accanto ad essa c'era una fila di stivali. Quel posto era vissuto. Amato. Era una casa. Riuscivo ad immaginarmi Sawyer che ci cresceva, coi suoi genitori che cenavano assieme a lui e ai suoi fratelli. I suoi nonni che vivano lì prima di lui. E un'altra generazione prima di loro.

Sospirai, intingendo metà del mio panino nella zuppa e staccandone un morso.

Lei si versò una tazza di caffè e si mise poi in piedi dall'altro lato dell'isola centrale.

«Non penso di piacere più di tanto nemmeno a Sawyer.»

Deglutii con forza, perdendo improvvisamente interesse nel pranzo. Avevo ferito Sawyer e l'avevo fatto di proposito, ma solo perché avevo avuto paura e avevo cercato di respingerlo.

«È un uomo grande e grosso. Forte. Al di sotto di tutto quello, ha un cuore tenero. Probabilmente più dei suoi fratelli.»

L'avevo intuito.

«Irene mi ha raccontato la tua situazione.»

Io sollevai di scatto la testa e incrociai il suo sguardo piatto. Non scorsi compassione nei suoi occhi, le sue parole si limitavano a constatare un fatto.

«Non dovevi restare all'asilo. C'erano molte persone che ti avrebbero aiutata. Irene inclusa.»

Io roteai gli occhi. «Suo figlio mi ha messo del burro d'arachidi in faccia mentre dormivo.»

Lei rise, portandosi le dita alla bocca. «Mi ha raccontato anche quello.»

«Ho bisogno di saper badare a me stessa.»

Il suo sorriso vacillò e lei annuì. «Lo capisco, e dimostra il genere di persona che sei. Ma si può essere indipendenti anche mentre qualcuno si prende cura di te. Saper badare a te stessa è un conto, ma non devi farlo da sola.»

Io mi accigliai, presi dell'altra zuppa e la mangiai, così da non dover rispondere.

«Pensi che Sawyer non sappia cavarsela da solo soltanto perché ha i suoi fratelli pronti a dargli una mano?» mi chiese lei.

Io mi accigliai, pensando a Sawyer carico di responsabilità in quanto capo dei vigili del fuoco e anche al ranch. Alla sua famiglia. Lui era forte. Protettivo. Autoritario. «Be'... no.»

Lei si guardò attorno come a voler confermare che fossimo sole. «Giusto perché tu lo sappia, quei tre uomini non sarebbero in grado di trovare la cena se non gliela mettessi io sotto il naso. Sanno cucinare, ma sono uomini.»

Si limitò a quello, come se fosse la risposta a tutto.

«Dipendono da me, forse più di quanto non si rendano anche solo conto,» aggiunse. «Ciò non toglie loro nulla, li rende una famiglia. Ci prendiamo cura gli uni degli altri.»

«Io ho mia madre, ma lei non è il tipo che si direbbe... *materno*. L'ultima volta che mi ha mandato un messaggio, mi ha chiesto dei soldi per l'affitto, cosa che trovo ironica.» Mi cacciai un grosso morso di panino in bocca.

«Non è sempre il sangue a fare una famiglia, Kelsey,» disse lei per poi bere un sorso di caffè. «A Sawyer piace aiutare le persone.»

Quando ebbi finalmente finito di masticare e deglutire, dissi, «Lui vuole *salvarmi*. Io ho davvero, davvero bisogno di salvarmi da sola.»

«Tu hai salvato lui da Delilah.»

Feci spallucce. «È diverso.»

«Sawyer, Huck e Thatcher hanno tutti un po' paura di Delilah. Lascia che ti racconti una storia su di lei.» Strinse le labbra come se avesse succhiato un limone. Poi mi raccontò di come si fosse arrampicata fino alla finestra della camera da letto di Sawyer quando era al liceo. «Non ha avuto successo all'epoca, né ora.»

Riuscivo ad immaginarmela Delilah così audace da adolescente. Riuscivo anche a capire, ora, perché Sawyer mi fosse stato estremamente grato per averlo vinto all'asta.

«Devi sapere alcune cose su Sawyer. E su Huck. Anche su Thatcher, ma lui non lo dimostra molto.»

Io girai l'angolo del mio sandwich nella zuppa e ne staccai un altro morso. «Okay.»

«Hai sentito che la loro mamma e il loro papà sono morti.»

Io annuii.

Il suo volto pieno di rughe fu attraversato dalla tristezza. «I ragazzi erano giovani quando è successo. Sawyer aveva quindici anni. Gli altri perfino meno. Un giorno Paul e Carolyn semplicemente... non c'erano più. Sawyer, Huck e Thatcher erano dei monellacci.» Rise, poi sospirò. «Quale ragazzo non è un po' monello? Facevano cose come quella che ti ha fatto il figlio di Irene.»

Potevo solamente immaginarmi che rogne fossero stati quei tre.

«Ma dopo l'incidente, si sono fatti seri. Forse troppo seri. Hanno imparato in fretta cosa avesse importanza. Direi che Sawyer e Huck hanno scelto le loro carriere per via della morte dei loro genitori. Non hanno potuto salvare loro, per cui avrebbero cercato con tutte le loro forze di salvare chiunque altro.»

«Oh,» esalai. Aveva senso. Tantissimo.

«Penso che sia per quello che si è innamorato tanto della sua ex, Tina. Aveva gli occhi a cuore e non si è reso conto che era una manipolatrice.» La sua bocca si incurvò verso il basso in una smorfia. «Non faceva per lui.»

«Per cui Sawyer non sta cercando di aiutare me nello specifico, è solamente fatto così.»

Lei rise, agitando una mano. «Tesoro, lui aiuta le persone a cui tiene di più.»

Elaborai quelle parole. Aveva cercato di aiutarmi perché ci teneva a me? Era ciò che facevano le persone normali. Ma io l'avevo respinto perché non ero normale. Mi sentivo sempre più idiota.

E non fece che peggiorare. «Sawyer però non se l'è presa per quello,» ammisi.

«Oh?»

«Io... l'ho paragonato a Tom Bunker.»

Lei mi fissò ad occhi sgranati. Avevo la sensazione di averla colta di sorpresa e che non fosse una cosa facile, con lei. Non dopo che aveva cresciuto tre Manning. «Bunky?»

Io annuii. Non avevo mai conosciuto Tom con quel nome, ma aveva senso e lo faceva sembrare un bifolco di campagna. Cosa che era, nonostante la sua tenuta da golfista.

«Perché?»

«Perché è stato lui a mentirmi riguardo l'essersi innamorato di me, il motivo per cui l'ho seguito nel Montana.»

«Oh, tesoro.»

Mi passai una mano in viso, improvvisamente stanca. Ero esausta.

«Ha molto più senso. Il motivo per cui Sawyer sia arrabbiato, intendo. L'unica cosa che hanno in comune lui e Bunky è il fatto che abbiano entrambi un pene.»

Avevo appena staccato un morso al panino e tossii. Sfortunatamente, potevo confermare quell'affermazione, ma non c'era paragone.

«Quel ragazzo è... be', è uno stronzo.»

Non mi ero mai aspettata di sentirla imprecare, ma non c'erano altre parole per descriverlo. «Concordo.»

«Se pensi che sia uno stronzo, perché li hai messi a confronto?»

Le raccontai di come mi fossi innamorata di Tom, l'avessi seguito e avessi scoperto la verità sul suo conto.

Lei si accigliò sempre più man mano che proseguivo e prese una mela e un coltello dal cassetto cominciando a sbucciarla.

«Sawyer non è affatto come Bunky.» Quelle parole le

uscirono in un tono che rese il mio paragone quasi un insulto alle sue capacità di crescere un bambino.

«Lo so, ma... continuavo a respingerlo.» Mi ravviai i capelli dietro l'orecchio. «Dopo Tom... Bunky, non mi fido degli uomini.»

«Non ti biasimo. Ciò che ha fatto è stato sbagliato. Sua moglie probabilmente sa che cosa combina, ma rimane con lui per i soldi.»

«Già. Mia madre trovava sempre la mela marcia nel mucchio.» Lo dissi perché mi posò alcune fette di frutta nel piatto. «Penso che sia ereditario.»

«La gente fa sempre scelte sbagliate. È imparare o meno da esse che importa,» mi disse lei puntandomi il coltello contro.

«Mia mamma di sicuro non ha imparato.»

«Allora non è ereditario, perché tu sì.»

«Sono decisamente sfortunata. L'asilo è andato a fuoco. Dio, forse sono maledetta.»

«Penso che tu sia troppo dura con te stessa. E con Sawyer,» aggiunse.

«Non avevo un posto dove stare e Sawyer si sarebbe offerto se avesse saputo la verità, cosa che mi avrebbe resa proprio come lei. Cosa sarebbe successo una volta che mi avesse lasciata?»

«Perché avrebbe dovuto farlo?» Sembrò quasi sconvolta del fatto che avessi anche solo accennato a quella possibilità.

«Lo conosco da due giorni!»

«E allora?»

Abbassai il mento e le rivolsi un'occhiata severa. «L'ho comprato ad un'asta.»

«Appunto.»

«Appunto,» ripetei io, ora del tutto confusa. La scrutai, incerta. «Sei d'accordo con me?»

«Sawyer ha detto di volerti tenere con lui?»

«Non con quelle esatte parole, ma sì.» Arrossii, ricordandomi. *Sono il tuo uomo. Questa figa è mia. Tu sei quella giusta per me.* Decisamente parole che non avevo intenzione di condividere.

«Allora lo farà. Ma ciò non significa che abbia intenzione di assumere il controllo della tua vita. Vuole unire la propria alla tua.»

«Ad ogni modo... non posso trasferirmi da lui.»

«Allora non farlo.»

«Non ho un posto dove stare. Diamine, ora che l'asilo è bruciato, non ho nemmeno un lavoro.»

«L'asilo verrà ripreso in una delle sale del centro sociale. Fino a quando l'edificio non verrà restaurato o Irene non sceglierà un'altra location. Non sei l'unica ad aver bisogno che l'asilo rimanga aperto. Ad aver accettato aiuto,» aggiunse lei, rivolgendomi un'occhiata eloquente. Qualcuno doveva aver offerto ad Irene quello spazio e lei doveva aver detto di sì, accettando l'aiuto che le era stato offerto volontariamente.

La gente si muoveva in fretta da quelle parti.

«Wow, okay. È... buono a sapersi.»

«Per quanto riguarda un posto dove stare, ci sono abbastanza letti su questo ranch in cui dormire che non siano il suo, se è questo che vuoi. Pensi che ti permetterei di stare da qualsiasi altra parte fino a quando non ti sarai rimessa in carreggiata? Pensi che Huck o Thatcher lo permetterebbero?» Tornò alla caffettiera e si riempì nuovamente la tazza.

«Huck forse sì.»

Lei mi lanciò un'occhiata da sopra la spalla. «È stato Huck a portarti qui. Penso che voglia che tu stia con Sawyer più di quanto credi.»

Non ne ero così sicura.

«Tesoro, tu lo vuoi Sawyer?» mi chiese, tornando al suo posto e sporgendosi in avanti, appoggiando gli avambracci al bancone.

Io mi leccai le labbra, pensandoci. Poi smisi di rifletterci. Non c'era molto a cui pensare. Il mio cuore sapeva la verità meglio della mia testa. Forse era quello che mi aveva fregata tanto all'inizio.

Lui aveva tirato un pugno in faccia a Tom... a Bunky per difendere il mio onore *dopo* aver chiuso con me.

«Sì. Ma lui ha detto che non gliene fregava un caz— un cavolo di me.» Arrossii delle mie imprecazioni.

Lei mi rivolse un sorriso. «Penso di aver già sentito quella parola. Non sverrò. Se non gliene fregava un cavolo, perché se l'è presa tanto, allora?»

Io sbattei le palpebre, pensandoci. Se a Sawyer non fosse importato di me, di qualunque cosa ci fosse stata tra noi due, allora avrebbe fatto finta di nulla. Non era stato così. affatto. Alice aveva ragione? Gli importava così tanto che l'avevo davvero ferito?

«Riposati un po', tesoro. Ti accompagno in camera di Huck, così che tu possa farti un sonnellino. Quel ragazzo non andrà da nessuna parte. Lascia che sfoghi un po' la sua rabbia.»

«Se l'è presa davvero,» le dissi.

Lei fece il giro del bancone e mi diede una pacca sul braccio. «Sono sicura che riuscirai a pensare ad un modo per sistemare la cosa.»

Mi venne un'idea in base a ciò che mi aveva raccontato di Delilah. Poteva funzionare? Sawyer sarebbe stato comprensivo o mi avrebbe cacciata?

$\mathcal{S}$AWYER

TORNAI a casa mia da quella di Thatcher nel vecchio fienile a piedi, la luna che illuminava il sentiero. Quando avevo lasciato Kelsey alla stazione di polizia, ero tornato in auto al ranch. Incazzato. Mi ero imbattuto in mio fratello e lui mi aveva trascinato a farci un giro sui quad intorno al recinto. Avevamo trascorso il resto della giornata a fare delle riparazioni qua e là. Scavare buche, battere chiodi col martello, spiegare del filo spinato.

Thatcher era considerato quello più *rilassato* dei tre fratelli Manning, ma sapeva quando tenere la bocca chiusa. Non appena mi aveva chiesto di Kelsey col suo solito ghigno, io gli avevo rivolto un'occhiataccia e gli avevo chiesto della donna che se l'era comprato all'asta.

Ciò gli aveva fatto perdere quell'espressione e l'aveva zittito subito. Non avevo idea di che storia ci fosse dietro, ma non avevo intenzione di insistere perché non volevo che lui insistesse di rimando. Per cui avevamo passato la giornata a parlare solamente dei terreni. Io ero tornato a casa sua per cena e una birra, a guardare uno stupido film sugli inseguimenti in auto per passare il tempo.

Non volevo trovarmi in casa, dov'era stata Kelsey. Non avevo dubbi che il suo dolce profumo avrebbe ancora aleggiato nell'aria, pronto a farmi impazzire, cazzo. Ero già fuori di testa. Arrabbiato. Inquieto.

Mentre salivo i gradini della veranda fino alla porta della cucina, cercai di capire come una donna che conoscevo solamente da due giorni avesse potuto farmi incazzare così tanto. No, non era vero. Io sapevo esattamente come avesse fatto Kelsey. Mi ero innamorato di lei, a prima vista.

Quel sorriso. Quei fottuti capelli rossi. La sua sfacciataggine. Perfino il modo in cui mi aveva tirato una ginocchiata nelle palle. Poi, una volta che l'avevo spogliata, non ero riuscito ad averne abbastanza. Adoravo il suo corpo. Le sue curve. Il modo in cui reagiva a me. C'era decisamente dell'alchimia tra di noi, ma cosa più importante, c'era un legame. Qualcosa di... duraturo.

Lo sapevo e basta. La volevo. La volevo ancora, nonostante i problemi e i complessi.

Aprii la porta con la chiave ed entrai, togliendomi gli stivali e lasciandoli accanto alla porta. Posai il cappello sul gancio.

Non avrei dovuto prendermela per il fatto che fosse stata con Bunky. Non la conoscevo all'epoca. Era solamente una delle tante che si erano fatte ingannare da lui. Avrei voluto spaccargli il naso un sacco di altre volte per il modo in cui l'aveva trattata. Tra tutte le cose che avrei potuto fare in quel momento, quella era una di esse. Strinsi i pugni, desiderando averlo nei paraggi.

Attraversai la casa buia fino alla mia camera da letto. Eccola lì, l'aria. Il suo profumo.

«Cazzo,» sussurrai, per poi fermarmi e trarre un respiro profondo.

Per quanto riguardava Bunky, in realtà avrei dovuto ringraziare quello stronzo. Se non fosse stato per lui, non avrei mai conosciuto Kelsey. Non l'avrei mai ammesso ad alta voce con nessuno, cazzo, specialmente dal momento che non riuscivo a farle comprendere che io non ero affatto come quel bastardo. Avrebbe dovuto arrivarci da sola. Le avevo dimostrato in più di un modo che genere di uomo fossi. Come l'avrei trattata. Come saremmo stati insieme.

Doveva essere lei a venire da me.

Solo che non sapevo se l'avrebbe fatto.

Sulla porta della camera, accesi le luci.

Mi raggelai.

Eccola lì, sdraiata nel mio letto. Nuda. Che mangiava direttamente da un barattolo di gelato. Si tirò fuori il cucchiaio dalla bocca e lo leccò con la lingua.

«Porca puttana,» mormorai.

Il mio cuore perse un battito. Il cazzo mi venne subito

duro. Non riuscivo a muovermi. Vederla... cazzo. I suoi vestiti erano ammucchiati a terra accanto al letto. Era sdraiata su un fianco, il lenzuolo sollevato in maniera seducente su di sé, ma senza coprire nessuno dei punti importanti, come quella zazzera di riccioli infuocati che le coprivano il posto più roseo. Guardai i suoi capezzoli indurirsi. Conoscevo quelle curve. Le avevo baciate, leccate e—

Il suo sorriso vacillò un po' quando io continuai a fissarla e basta.

«Spero non ti dispiaccia, la finestra era aperta.»

Io guardai la finestra aperta, immaginandomela che la scavalcava.

«Ho immaginato che se c'era riuscita Delilah, potevo farcela anch'io. Magari avrò più successo di lei.»

Io abbassai una mano e me lo sistemai. «Ho il cazzo duro. Direi che è un buon inizio.»

Mi ero sempre immaginato la mia donna nel mio letto, ma non avevo mai saputo chi fosse. Per un po', avevo pensato si sarebbe trattato di Tina, ma ciò che avevo provato per quella psicopatica in sei mesi di relazione non era nulla in confronto a ciò che provavo per Kelsey dopo due giorni.

Ormai lo sapevo. Senza dubbio. Non avevo intenzione di dirlo a Kelsey, però. Non ancora. Io potevo non avere dubbi sul fatto che fosse quella giusta, ma lei non era ancora giunta alla stessa conclusione. Aveva ragione. Ci conoscevamo solamente da *due* giorni. Due cazzo di giorni e il mio mondo era cambiato.

Avevo intenzione di tenerla con me. Avevo il resto delle nostre vite per convincerla.

La sera prima, eravamo stati troppo esausti per fare altro che infilarci sotto le coperte e crollare.

Ora? Ora era il momento di aggiustare le cose e poi farla mia.

Lei posò il cucchiaio nel contenitore, poggiandolo sul comodino. Poi, e che peccato, cazzo, si alzò a sedere e si tirò il lenzuolo addosso.

«Mi dispiace,» disse, i suoi occhi verdi fissi sui miei. «So che non sei affatto come Tom... Bunky. Però sei un uomo, ed io diffido di tutti gli uomini. E tu sei così insistente. Così fottutamente gentile che mi hai spaventata.»

Quelle parole le stavano uscendo una addosso all'altra.

«E introdurti in casa mia, nel mio letto non è essere insistenti?» ribattei io.

Quelle spalle esili si alzarono e si abbassarono. «Avevo sperato--» Si interruppe, distolse lo sguardo, poi ricominciò. «Non ha senso il fatto che abbia paura di ciò che mi fai provare quando tutto va bene mentre ho abbandonato la mia vita in un altro stato per seguire uno stronzo.»

«Cos'è che ti faccio provare?» le chiesi io, concentrandomi sulla parte più importante di ciò che aveva detto.

Lei incrociò finalmente il mio sguardo, sollevando la testa. Vidi il tormento, la preoccupazione nei suoi occhi. «Sta succedendo molto in fretta.»

«Eppure sei nel mio letto.»

Lei abbassò lo sguardo, corrucciando leggermente la fronte come ad avere ripensamenti sulla sua presenza così audace.

«Io... io--»

«Non sta succedendo, zuccherino. È successo. Uno sguardo e l'ho capito.» Okay, alla fine pareva non avessi resistito. Lei era... Nel. Mio. Letto. *Nel mio cazzo di letto.* Nuda. Andai da lei, mi sedetti sul materasso e mi voltai a guardarla. «Non c'è nulla di cui aver paura al riguardo. Dovresti essere rassicurata.»

Lei piegò la bocca da un lato come a rifletterci. Intensamente.

«Non ho intenzione di lasciarti andare,» aggiunsi. «Mai. Ti terrò sempre stretta.»

Lei scosse lentamente la testa. «Sei un romantico.»

Io a quel punto risi. «Di nuovo, sei tu quella nel mio letto. Chi è la romantica?»

Lei roteò gli occhi e incurvò le labbra in un sorriso.

«Pensi che Alice mi permetterebbe di fare lo stronzo con te?» proseguii io. «Pensi che Huck non mi arresterebbe? Thatcher mi trascinerebbe in fondo alla proprietà e mi sparerebbe un colpo.» Mi interruppi, chiedendomi perché non l'avesse fatto prima quando eravamo stati là fuori per averla abbandonata alla stazione di polizia.

Lei non disse nulla, ma vidi che la mia autocritica le stava facendo brillare gli occhi.

«Per quanto riguarda l'essere romantici? Succede solo con te. Questo? Voglio il tuo corpo.» Abbassai lo sguardo e glielo feci scorrere addosso, così scompigliata e perfetta

sotto il mio lenzuolo. «Voglio infilarmi *dentro* il tuo corpo.
Se potessi stare dentro di te tutto il giorno, lo farei.»
Allungai una mano, presi il cucchiaio dalla confezione di
gelato per poi lasciarcelo cadere nuovamente dentro.
«Voglio tutti i coni gelato con te.»

Lei arrossì e sbuffò una risata.

«Non sto scherzando.»

Lei si gettò su di me. Per fortuna, le mie palle erano al
sicuro. Mi strinse le braccia attorno al collo e mi baciò
come non ci fosse stato un domani. Mi sfuggì un gemito e
lei sfruttò la mia sorpresa per trovare la mia lingua con
la sua.

Io le strinsi le braccia attorno mente il lenzuolo le
cadeva attorno alla vita. Il suo corpo era caldo e florido
sotto i miei palmi.

In un attimo, assunsi il controllo del bacio.

Cazzo, sì. Sapeva di crema alla vaniglia e di ogni desiderio perverso.

Kelsey era stata disponibile in passato, ma adesso…
adesso ci stava eccome. *Nel. Mio. Letto.*

Quello era il nostro primo bacio. Quello vero in cui
eravamo entrambi coinvolti in quella cosa. Significava
qualcosa. *Era* qualcosa.

Lei sollevò la testa, sbatté le palpebre, poi i suoi occhi
incrociarono i miei carichi di calore e desiderio. «Anch'io
voglio tutti i coni gelato con te.»

Io le ravviai i capelli con una carezza. «Bene.»

«Non sono a posto, Sawyer.» Il suo fiato leggero mi

colpiva la guancia. «Stare con te non cambierà i miei sentimenti.»

«Non subito. Col tempo,» ribattei io. «Bunky è uno stronzo.»

«Col naso rotto,» disse lei.

Io sogghignai perché ero molto soddisfatto di quella cosa e i suoi occhi brillavano di un qualcosa che sembrava gioia.

«Imparerai stando con me, facendo parte della famiglia Manning, che testa di cazzo sia. Dopodiché lo ringrazierai.»

Lei si ritrasse come se avesse pensato che avessi detto che ci saremmo trasferiti sulla luna. «*Ringraziarlo*?»

Io annuii e le feci scorrere distrattamente un dito lungo la clavicola e poi più in basso per girare attorno al suo capezzolo. Si indurì sotto i miei occhi. «Già, lo aggiungeremo alla lista di persone a cui mandare gli auguri durante le feste perché ci ha fatti incontrare.»

Lei strinse le labbra e mi rivolse un'occhiata scettica. «Mia madre sarà un problema duraturo.»

Io ritrassi la mano, non volendo parlare della madre di nessuno mentre giocavo coi suoi capezzoli.

«Non se ne andrà. Non puoi tirarle un pugno sul naso.»

«Quando ti scriverà di nuovo un messaggio--»

«Cosa che farà,» aggiunse lei.

«Allora me lo farai vedere. Ne parleremo. Non permetteremo che abbia effetto su di noi.»

«È così facile?»

Io sbuffai una risata. «La famiglia non è facile, quello è sicuro, cazzo. Ma come tu mi hai protetto da Delilah, anch'io proteggerò te.»

«Quando la metti così...»

«È deciso.»

Lei rise. «Tutto lì?»

Io feci spallucce, contento. Fottutamente felice. «Sei nel mio letto, dove dovresti stare.»

Lei si agitò, le sue tette che si spostavano, e il mio cazzo pulsò dalla voglia di entrarle dentro. Di non avere alcun vestito a separarci. Ci eravamo quasi.

«Questo non è un per sempre felici e contenti,» disse lei. «Anche se hai dei cuccioli.»

Non avevo intenzione di contraddirla. Le avrei dimostrato che si sbagliava nel giro di una cinquantina d'anni. Il matrimonio dei miei genitori era stato stabile. Certo, avevano avuto dei problemi. Tre ragazzi che dovevano averli fatti uscire di testa. Ma me li ricordavo che ridevano. Che si baciavano in cucina. Mio papà che attirava la mamma in un angolo per qualcosa di più di un bacetto innocente. Avevano avuto il loro per sempre felici e contenti, anche se era stato interrotto.

«D'accordo, allora, felici e contenti per il momento,» dissi invece. Avrei affrontato la cosa un giorno alla volta, e i due appena trascorsi con quella donna... be', erano stati delle fottute montagne russe, ma sembrava che mi piacesse quel genere di giostra.

Lei si concesse un po' di tempo per riflettere sulle mie parole. «Felici e contenti per il momento mi sembra buono. Però io... voglio una casa tutta mia,» sbottò mentre incrociava il mio sguardo.

Io piegai la testa di lato. Era importante per lei. Nonostante volessi tenermela proprio lì dov'era, *proprio* com'era, non poteva succedere. «Okay. Puoi essere mia e avere comunque un appartamento tutto tuo.»

«Davvero?» mi chiese lei, palesemente sorpresa.

Già, avevamo del lavoro da fare. «Lo capisco. Un tuo spazio. Cavartela da sola, specialmente dopo ciò che è successo.»

«Esattamente. Alice dice che resterò nella casa principale fino ad allora.»

«Fammi indovinare, ti ha messo nella vecchia stanza di Huck.»

Lei si accigliò. «Sì, perché?»

«Perché è al piano terra e voleva che sgattaiolassi fuori per venire qui.»

«Non è vero,» ribatté lei, come se non fosse riuscita ad immaginarsi Alice che faceva da Cupido.

«Ti ha raccontato di Delilah e di quello che ha fatto al liceo.»

«Sì.»

Piegai la testa e le rivolsi uno sguardo che urlava, *Visto?*

Lei mi batté una mano sul petto. Pensava che stessi scherzando. «Dico sul serio. Il fatto che tu abbia un letto tutto tuo non significa che non ci dormirò anch'io. O che tu non dormirai stanotte nel mio.»

Lei piegò la testa di lato e assottigliò lo sguardo nella mia direzione. «Immagino sia così.»

«Stare con me non ti rende affatto come tua mamma, zuccherino,» le dissi io, insistendo al riguardo perché, come aveva detto lei, i suoi problemi con quella donna non sarebbero finiti solo perché stava tra le mie braccia... o nel mio letto. «Ho sentito dire che l'asilo si sposterà al centro sociale per un po', per cui hai un lavoro. Presto avrai una casa tutta tua. Come l'avevi in Colorado prima di Bunky, giusto?»

Lei sospirò. «Sì. Non ero così pazza, allora.»

«Ne sei sicura?» le chiesi, sollevandole il mento.

«Pensi che sia pazza?» L'avevo pensato la sera prima, ma ora, con tutte le risposte? No.

«Sei nel mio letto. Proprio come Delilah al liceo.»

«Ti ho comprato per *salvarti* da Delilah,» ribatté lei. «Ho solo... bisogno di essere sicura. Se non mi concedo un po' di tempo per stare bene ed essere me stessa, allora non lo saprò mai.»

Aveva senso e la rispettavo per quello.

Lei distolse lo sguardo. «L'incendio mi ha spaventata, però. Sono davvero molto grata del fatto di restare qui al ranch. Ma immagino che il tizio sia morto in quell'incidente in auto.»

«Prima, ho parlato con uno dei pompieri che hanno risposto a quella chiamata,» le dissi. «A parte la tua descrizione dell'auto che abbandonava la scena del crimine, c'erano altre prove che dimostravano che fosse stato lui.»

«Ma perché?»

Io le presi il mento, facendo sì che mi guardasse. «Huck lo scoprirà.»

«Okay.»

Lasciai cadere la mano. «Ora, raccontami di questo tuo piano.»

Lei arrossì adorabilmente. «Il mio piano era di farmi trovare qui da te.»

«E poi?»

«Si fermava lì.»

Mi leccai il labbro inferiore. «Vorresti qualche opzione?»

«Certo?» I suoi occhi si spostarono sulla mia bocca e quella parola le uscì in un sussurro.

«Vuoi venire prima con le mie dita, la mia bocca o il mio cazzo?»

«È questo che succederà ora?»

Io mi sporsi in avanti, il che la fece ricadere sulla schiena. Poggiai le mani ai lati della sua testa e mi chinai su di lei. «Tu che vieni, sì. Scegli.»

Lei arrossì e non potei non notare la voglia nel suo sguardo. «Cazzo. Ti voglio proprio assieme a me.»

Abbassando una mano, io mi slacciai i jeans con una mano e mi tirai fuori l'uccello. Cazzo, ora andava meglio. Me lo accarezzai dalla base alla punta, una volta e poi un'altra. Sibilai, le mie palle che pulsavano dalla voglia di entrarle dentro.

«Prima devo vedere se sei pronta per me.»

Mi sarei sempre assicurato che fosse presa quanto me.

I suoi occhi brillarono mentre io la baciavo lungo il corpo. Allargò le gambe per me ed io la trovai bagnata. Aveva le labbra gonfie, il clitoride che sporgeva fuori duro e voglioso di attenzioni. Sollevai lo sguardo lungo il suo corpo delizioso, incrociando il suo. Lei mi scrutò attentamente, poi mi rivolse un sorriso perfetto.

Già, era mia. Non sarebbe stato facile con Kelsey, ma non avrei voluto che andasse in nessun altro modo.

———

KELSEY

ERO STATA pazza a intrufolarmi dalla sua finestra. Pazza a spogliarmi, rubare il gelato dal suo freezer e aspettare. E aspettare. Ma dovevo dimostrargli di volerlo. Di volere... noi. Mi ero sistemata nell'unico posto in cui avevo tanto cercato di non trovarmi.

L'espressione sul suo volto quando era entrato... impagabile. Non mi odiava. Non mi aveva cacciata via. In effetti, ora, con il suo fiato caldo a colpirmi l'interno coscia, credevo a tutto ciò che aveva detto. Ero quella giusta per lui.

Ero spaventata a morte, ma non avevo intenzione di lasciare che questo mi impedisse di essere felice.

E quando la sua lingua mi passò sul clitoride, lasciai cadere la testa all'indietro, chiudendo gli occhi. Quando lui mi infilò le dita dentro, gli afferrai i capelli. Mi ci aggrappai.

Non mi avrebbe mai lasciata andare. Mi avrebbe sempre tenuta stretta. Con quel pensiero in testa e la bocca di Sawyer sulla mia figa, mi arresi.

Del tutto.

Venni con un grido strozzato, il modo perverso in cui stava arricciando il dito sul mio punto G e l'abilità spietata della sua lingua furono la mia fine.

Lui mi baciò la coscia una volta, poi si ritrasse e scese dal letto. Si spogliò, lasciando che i suoi abiti si unissero ai miei sul pavimento. Spostandomi sulle ginocchia, gattonai da lui, gli afferrai saldamente il cazzo e ne leccai la punta come un cono gelato.

«Kelsey,» praticamente ringhiò lui.

Io sollevai lo sguardo su di lui, incrociando i suoi occhi azzurri. Mi sentii potente. Facevo perdere il controllo a quell'uomo. Lo facevo stare bene. Lui trovava desiderio e piacere nel mio corpo. Nelle mie azioni.

Mi fece rendere conto che quella relazione non era affatto a senso unico. Lui si stava concedendo a me. Non ero l'unica a prendere. Era uno scambio equo perché eravamo entrambi presi al cento per cento.

Le sue dita si intrecciarono tra i miei capelli e lui mi tirò via. Aveva la punta umida per via della mia bocca. Rossa, dura e vogliosa di entrarmi dentro. «Quello non fa parte del piano,» disse, la voce profonda e tonante.

«Nemmeno ciò che hai fatto tu. Io avevo detto cazzo, non dita e bocca.»

Lui allungò una mano e aprì il cassetto del comodino, ne tirò fuori un preservativo, strappò la confezione con i denti e se lo infilò.

Con una mano contro la mia spalla, mi spinse delicatamente di nuovo sulla schiena, ma mi afferrò per le caviglie e mi attirò verso il bordo. Non mi lasciò andare, bensì mi sollevò le gambe così da tenermele contro le sue spalle. «Quell'urlo non mi era sembrata una lamentela.»

Solo allora si spinse dentro di me.

Io gemetti. Lui gemette.

Io mi contrassi, lui gemette di nuovo.

A quel punto mi scopò mentre se ne stava in piedi a lato del letto, tirandosi fuori e spingendosi a fondo. In quella posizione, non riuscivo nemmeno a sollevare i fianchi. Dovevo accettare le sue spinte. Lo volevo. Ne avevo bisogno a fondo. Con forza.

Le sue mani mi lasciarono andare e lui ricadde sugli avambracci ai miei lati, le mie caviglie che si incrociavano dietro la sua schiena.

«Sawyer. Dio, è bellissimo,» gli dissi.

«Sempre, zuccherino. Sempre,» disse lui, ed io mi sciolsi, venendo di nuovo.

Quando lui venne poco dopo, crollando sul letto accanto a me mentre riprendevamo fiato, seppi che sarebbe stato bello. Sempre. Con Sawyer Manning, sarei stata felice e contenta per il momento e avevo la sensazione che lo sarei stata anche per sempre.

NOTA DI VANESSA

Indovina un po? Abbiamo alcuni contenuti bonus per te.

www.romanzogratis.com

ISCRIVITI ALLA NEWSLETTER

Unisciti alla mailing list per essere informato per primo su nuove uscite, libri gratuiti, premi speciali e altri omaggi dell'autore.

www.romanzogratis.com

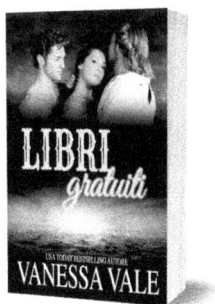

TUTTI I LIBRI DI VANESSA VALE IN LINGUA ITALIANA

vanessavalelibri.com

L'AUTORE

Vanessa Vale, autrice bestseller di USA Today, è famosa per i suoi romanzi d'amore, tra cui la serie di romanzi storici di Bridgewater e altre avventure romantiche contemporanee. Con oltre un milione di libri venduti, Vanessa racconta storie di ragazzacci che quando si trovano l'amore, non si fermano davanti a niente. I suoi libri vengono tradotti in tutto il mondo e sono disponibili in versione cartacea, e-book, audio e persino come gioco online. Quando non scrive, Vanessa si gode la follia di allevare due giovani ragazzi e capire quanti pasti può preparare con una pentola a pressione. Certo, non sarà tanto brava con i social quanto i suoi bambini, ma adora interagire con le lettrici.

facebook.com/vanessavaleauthor
instagram.com/iamvanessavale
bookbub.com/profile/vanessa-vale

CPSIA information can be obtained
at www.ICGtesting.com
Printed in the USA
BVHW041718121021
618766BV00011B/226

9 781795 915656